# PLENILUNIO

# PLENILUNIO

*La Plenitud del Orgasmo Femenino*

Charles Marcel Mengotti

Copyright © 2012 por Charles Marcel Mengotti.

Número de Control de la Biblioteca del Congreso de EE. UU.:   2012918732
ISBN:      Tapa Dura              978-1-4633-4096-4
           Tapa Blanda            978-1-4633-4098-8
           Libro Electrónico      978-1-4633-4097-1

Todos los derechos reservados. Ninguna parte de este libro puede ser reproducida o transmitida de cualquier forma o por cualquier medio, electrónico o mecánico, incluyendo fotocopia, grabación, o por cualquier sistema de almacenamiento y recuperación, sin permiso escrito del propietario del copyright.

Esta es una obra de ficción. Los nombres, personajes, lugares e incidentes son producto de la imaginación del autor o son usados de manera ficticia, y cualquier parecido con personas reales, vivas o muertas, acontecimientos, o lugares es pura coincidencia.

Primera Edición, 2009


Este libro fue impreso en los Estados Unidos de América.



**Para pedidos de copias adicionales de este libro, por favor contacte con:**
Palibrio
1663 Liberty Drive
Suite 200
Bloomington, IN 47403
Llamadas gratuitas desde EE. UU. 877.407.5847
Llamadas gratuitas desde México 01.800.288.2243
Llamadas gratuitas desde España 900.866.949
Llamadas internacionales +1.812.671.9757
Fax: 01.812.355.1576

## Dedico esta obra a:

Los niños de la calle, en todas las latitudes, en especial para aquellos que tienen nieve en los zapatos y escarcha en el alma, porque yo fui... Un niño de la calle.

# ACERCA DEL AUTOR

Charles Marcel Mengotti es suizo. Nació un 2 de octubre, ¡por equivocación! Su pelea en el ring de la vida comenzó escribiendo artículos para una publicación francesa. Su propio interés lo llevó hacia el universo de la filosofía. Es un experto en las luchas de los arrabales y los palacios.

Al paso de los años se especializó en el campo de la investigación criminal, desarrollando misiones de trabajo en Suiza, Francia, Alemania, España, Italia y México.

El resultado de cincuenta años de trabajo profesional, como experto criminalista, está plasmado en un libro científico y técnico de investigación convencional, llamado: "El laberinto de la investigación criminal".

Es diplomado en criminalística y criptografía. Ha escrito ensayos, artículos y reflexiones en temas de su interés como son la filosofía y la psicología, sin omitir la poesía, el cuento, el relato de suspenso y la novela. Algunas de sus obras están basadas en experiencias reales y encierran capítulos de su vida como ocurre en esta novela, en la que nombres y lugares han sido cambiados, debido a que algunos de los personajes aún viven.

## PLENILUNIO:
## LOS CAMINOS DE CHARLES MARCEL MENGOTTI PARA LLENAR LA LUNA

*Jorge Enrique Escalona del Moral*
*Crítico Literario y Escritor*

**Agradezco su presencia a este evento, en el cual celebramos a la palabra escrita, a los gozos que nos provoca la narración, al placer de contar que ha acompañado desde tiempos ancestrales a la humanidad. Esta vez nos reunimos gracias al atrevimiento literario de Charles Marcel Mengotti, quien comparte con nosotros parte de su vida, de su entusiasmo e inteligencia literaria en su novela** *Plenilunio,* **que contiene, como una luna llena, distintas caras y caminos, unos más visibles y otros llenos de asombro, de perfiles grises o de luminosidades, mezcla de ficción y realidad. Al igual que el fenómeno lunático, este plenilunio literario mueve las emociones y atrae con las peripecias que vive el personaje principal.**

### El lunar narrativo

*Plenilunio* **se caracteriza por una prosa ágil, fluida, sencilla, alejada de la frondosidad retórica; en ocasiones se acerca a la prosa poética, donde Mengotti utiliza con acierto metáforas y símbolos que provocan una eufonía y un deleite en la lectura.**

**De igual modo, en** *Plenilunio* **la tensión dramática y los conflictos dibujados en la novela mantienen el interés del lector y justifican** plenamente el nombre inicial del protagonista: Valiente, cuyos dones le permiten afrontar los altibajos de la vida y llenar de magia los hechos narrados.

Esta luna está llena de personajes que sufren, aman, enseñan pero que, principalmente, se mueven entre encuentros y desencuentros con Valiente.

### El lunar cultural y turístico

*Plenilunio* se nutre con los viajes y recorridos del universal Valiente- Charles *("Por la ley de la sangre era yo francés, por la ley de la tierra, era yo alemán y por no tener registro era yo universal"),* situación que un culto Mengotti aprovecha para acercarnos parte de la historia, la cultura y el arte de las ciudades donde se desarrolla la trama. Así, sentimos la Bise (viento frío) de Ginebra, y disfrutamos el arte de Dresden (la Florencia de Alemania).

**El lunar espiritual y de transformación personal**

Uno de los aspectos sobresalientes de *Plenilunio* son las referencias a la espiritualidad, al encuentro del mundo interior: en principio están los dones y magnetismo de Valiente, después las enseñanzas orientales de Silvo, quien además de sus constantes muestras de cultura, instruye a Valiente en el arte de la meditación, del noble silencio y del diálogo con la naturaleza. Lecciones que sirven al lector inquieto como impulso para **la búsqueda de textos que ahonden en el arte de la inteligencia espiritual. Lo cual es complementado en el texto con diversos aforismos o sentencias que invitan a la reflexión.**

**En suma *Plenilunio* es una novela gozosa cuyos pasajes transitan de lo humano a lo espiritual y nos muestran varias facetas del hombre, desde lo amoroso hasta lo miserable. En fin, es una novela que puede provocar un plenilunio, como el que he tenido al leerla, comentarla y compartir con ustedes y con el autor esta noche.**

**Muchas gracias y felicidades a Charles Marcel Mengotti.**

# PLENILUNIO

La vida me trató rudamente desde que, por accidente, llegué al mundo. Nací huérfano de padre, más tarde "mi madre" me contaría que, después de conocer sexualmente a cinco hombres, no podía tener ninguna certeza acerca de cual la embarazó. Mi madre adoptiva fue una prostituta, debió de ser de inteligencia corta porque jamás poseía dinero.

Por las noches, a los siete años, asistía al comercio carnal de mi madre. Vivíamos en un cuarto miserable y desde un rincón, mal disimulado por una sábana vieja y rota que colgaba de un muro a otro, atisbaba las sesiones; cuando había suerte desfilaban hasta cuatro hombres.
En cierta ocasión un individuo se quedó más tiempo, fue el último cliente de aquella noche, lo recuerdo bien. Por lo general, el tiempo de las sesiones solía fluctuar entre quince minutos y una hora. Pues bien, de pronto este individuo no sólo no quiso pagarle a mi madre, sino que le propinó una paliza de tal magnitud, que la sangre, manando de su boca y nariz hicieron que, con toda la fuerza de mis siete años, me lanzara sobre él, mordiéndole el tobillo. El hombre levantó la pierna sacudiéndola con fuerza, yo apreté mis pequeñas manos alrededor de su tobillo, seguía mordiéndole, entonces vi a mi madre abalanzarse sobre el hombre, empuñando un cuchillo. Éste le dio un puñetazo sobre la ceja izquierda, la sangre salió a borbotones, mientras a mí me proyectaba contra el muro.

Debí desmayarme porque sólo conservo un recuerdo lejano. Cuando volví en mi, el hombre ya no estaba, por la puerta abierta entraba la humedad, comencé a tiritar de frío y hambre. Mi madre se encontraba tirada en el suelo, me acerqué a ella pensé que dormía. No respondía, la golpiza fue brutal,

estaba bañada en sangre, su cuerpo a medio vestir; sólo las medias y la blusa puestas. Comencé a moverla para despertarla; no sé si mi llanto, el tiempo transcurrido o los movimientos que le produje, la hicieron abrir los ojos.
Se quejaba, me dio un empujón y fui a rodar contra un orinal que, al voltearse me inundó de orines. Vi a mi madre levantarse y echarse sobre la cama, recuerdo que lloraba y al mismo tiempo pasaba la punta de la sábana sobre su cara. Se levantó, me puso un suéter roto sobre los hombros, me empujó hacia la puerta y me dijo: -"Hijo de mierda, si quieres comer, ve a robar". Nunca en mi vida un sonido de puerta que cierran repercutió en mí, con más significado de soledad y abandono.

El perro de la calle se acostumbra a los malos tratos, y también un niño, porque no sabe que hay otra forma de vida. Tenía mucha hambre y más frío a cada momento. Así fue como entré al mundo de la calle...
Un perro de pelo largo, con la punta de la cola y las orejas blancas, pasó apresurado entre el muro y mi cuerpo. Parecía conocer su camino, entró en un zaguán sin mirar hacia atrás. Yo también entré, acompañado del ruido de mis zapatos: -"clash...clash"- era la lluvia acumulada en ellos, el agua salía por el lado de mis zapatos, que eran de mayor tamaño que mis pies.

Sin saber que el can podía morderme, me le acerqué. Muy al fondo de un pasillo obscuro, a la derecha, en un rincón, cuatro botes de basura. El can sacudió las bolsas, con una pata sobre el borde de un bote, la cola entre las patas traseras. Tiró la basura. Algo encontró; se fue apretando fuertemente su hallazgo con los colmillos. Lo miré irse a la calle, como quien pierde una protección.
Sin olfatear, con mi mano efectúe lo que el chucho con la pata. Sacudí por acá, tiré por allá, empujé por el centro, lancé de lado sin hallar comida. Extendí por el piso la basura de los tres botes; de una bolsa saqué cáscaras, pedazos de pan duro que guardé en los bolsillos de mi pantalón corto. Seguí buscando, un olor de pollo frito salió de mi mano; recordé: una vez un hombre le llevó a mi madre un animal frito, ella me dijo: -"Es pollo come"-.
Me senté entre la basura, comí a grandes bocados, al dejar los huesos limpios, mastiqué los más tiernos. De una botella absorbí gotas amargas, era el final de una cerveza.
Algunas veces vi a mi madre guardar la basura en una caja. Con las manos entumidas por el frío, recogí la basura dispersa por la búsqueda, puse los botes de pie y después, dentro de ellos, la basura. Esa manía del orden me persiguió toda la vida y me hizo la existencia complicada en algunos países.

De un tramo del muro emanaba calor, me puse atrás de los botes, me acurruqué mitad en el piso, mitad contra el muro caliente. Me quedé dormido. El ruido de los botes de basura arrastrados me despertó. Salí corriendo como una rata de un rincón. Agachado, sólo vi de reojo a un hombre viejo. Sobre su cabeza una gorra, arrastraba una pierna, con su mano izquierda sostenía un bastón por la mitad. Colocaba los botes, rigurosamente alineados, a la orilla de la acera. Ni siquiera me miró.

    Yo veía gente pasar, el paisaje estaba sólo constituido de rodillas cubiertas, unas por pantalones, otras por faldas. Contemplaba más tiempo la acera y los zapatos, algunas botas. Si quería ver las caras tenía que levantar los ojos. No podía caminar y ver al mismo tiempo las caras, así que el mundo delante de mí era como un bosque de piernas.
De nuevo tenía hambre, olvidé el pan duro en el bolsillo, fueron los bollos en un una vitrina los que llevaron mis manos a la dura corteza que mis dientes no pudieron romper, a pequeños mordiscos la fui raspando.
Infantil, con mi mente en los albores, creí que en todos los zaguanes encontraría pollo. Penetré en uno, allí estaban los maravillosos botes de basura; metí las manos y hurgué en los desperdicios. Hallé patata cocida, la engullí acompañada de su cáscara. Un extraño suéter yacía entre los periódicos; lo cogí, me lo quise poner y, entonces, todo se volvió complicado en extremo.
El suéter tenía cuatro mangas, acabé hecho un lío; metí una mano, tiré por otro extremo y acabé con una sisa en la ingle. Saqué el pie otra complicación, tiré para sacarlo al mismo tiempo que metía la otra mano por la cuarta manga. Todo aquello era para mí, lo que un jeroglífico para un adulto. Acabé con una pierna doblada, un brazo cruzado sobre el pecho, la otra mano presionada en la espalda, la cabeza cubierta y los ojos tapados.
Sentí temor, salir de ese embrollo me costó un gran esfuerzo, me sentía aprisionado en una trampa imposible de vencer. Perdí el equilibrio, ya que estaba sentado sobre una nalga, rodé al suelo, lo que aumentó mi miedo. Di tumbos como un gato enredado en metros de estambre. Mi cabeza retumbó contra un muro, no lloré, apreté los dientes, mordí el misterioso suéter; tiré con la cabeza. Algo debió pasar, porque salí de esto con un diente menos; el teclado de mi boca tenía ya algunas partes desocupadas.
De tanto tirar, jalones por aquí y jalones por allá, me liberé de la red de cuatro mangas. Salí del zaguán con el suéter que me puso mi madre sobre los hombros y la "camisa de fuerza", dobladas en el antebrazo. La mirada desafiante, quería seguir la pelea con la humanidad que pasaba. La cabeza

erguida, caminando como el guerrero que, sin haber ganado la batalla, estaba orgulloso de traer a su enemigo colgado del brazo.

La lluvia había cesado, algunas personas miraban al cielo y decían: -Va a seguir lloviendo-. Yo me preguntaba: ¿por qué miran a las nubes grises? y ¿para qué hablan si no pueden quitarlas? ¡Fue entonces cuando aquello se produjo!

Había en la esquina muchas piernas que cruzaban la calle. Al lado de ese ir y venir de tantas rodillas, una señora con pelos en todo el cuerpo—después sabría que eso era un abrigo de visón- estaba poniendo a su chucho de lujo un suéter de cuatro mangas. Contemplé toda la maniobra totalmente absorto, tan boquiabierto que alguien tropezó conmigo y me mandó rodando a un charco. Me levanté impregnado de agua y tierra, busqué a la señora peluda, ya no estaba.

Regresé al zaguán que tenía un muro caliente para ponerme el suéter de cuatro mangas, no lo hice en plena calle por un confuso sentimiento de que la gente, podría tomarme como un perro y arrastrarme con un cordel en el cuello. Hice la maniobra de tal manera que la abertura quedó en la espalda, me pareció que el can de lujo la tenía en la panza, pero no me importó. Salí con un sabor de triunfo, decidido a poner el mundo en mi bolsillo.

De nuevo los panes en un escaparate, me acerqué, intuía que todo tenía un precio pero, ¿cómo conseguir dinero? Mi mente no sabía que podía pedir limosna. Miraba como llegaban las personas y sacaban dinero, se lo daban a una mujer que estaba detrás del mostrador. Esos humanos salían con bolsas que olían algo que yo no conocía: el pan recién horneado. Dejé el escaparate, mi suéter de cuatro mangas con su abertura en la espalda no me protegía; después de un rato me lo quité, por un olvido cualquiera, lo dejé en algún lugar.

Tosí, estaba en la garganta la tos, se volvió a repetir; sentí un dolor de espalda, era profundo; tuve escalofríos que se repetían como una melodía no desconocida. Recordé el cuarto de mi madre, quise volver con ella. En el laberinto de calles me perdí. Me tropecé con un gran vidrio: había mujeres que no se movían, abrí la boca, en el vidrio se reflejaban mis encías, me faltaban tres dientes; sabía contar hasta siete, eran mis años. Comprendí en ese momento que mi vejez había llegado. Sólo a los viejos les faltaban los dientes ¡si lo sabría yo bien! de mirar a los hombres viejos que penetraban el cuerpo de mi madre.

Siempre pagaban. Mi mano fue al fondo de mi bolsillo derecho, convencido que ahí habría dinero, puesto que yo era un viejo. Mi mano fría sólo sintió la tela del bolsillo. Volví a mirar mis encías, me llamaban la atención los espacios vacíos; moví la cabeza, igual que mi madre cuando se ponía a hablar sola; yo también lo hice: le hablé al vidrio, alcé el brazo, puse mi mano fría contra el vidrio frío, no lo sentí; mi mano estaba helada, la apoyé más fuerte; quería tocar las caras de las mujeres silenciosas que me miraban con sus ojos de vidrio frío.

La tos empañó el cristal formando un círculo pequeño lo quise tocar pero ya se había ido. -¿Porqué te marchaste?- pregunté en mi interior. Me acordé del perro con la punta de la cola blanca -¿Por qué él también se fue? Volvió la tos profunda, ahora venía de más allá de mi garganta.
—¡Háblenme!- Les dije a las señoras vestidas con sus caras pálidas; -¡háblenme!- Mis voz era débil, yo apenas la oía.

Empezó la lluvia, cuando llegó la noche no había horizonte en la ciudad, ni esperanza en mi alma. Empapado vi las luces de la calle moverse como si viniesen a mi encuentro; lejanos oía los ruidos, me parecía ver niebla. Ambos me envolvieron.
Volví en mí, en un lugar que más tarde supe, era la caridad pública. A mi lado, una extraña mujer con un vestido largo y sobre la cabeza, una cosa blanca que me parecían alas, pues se movían cuando ella caminaba. Acercó a mi boca un líquido de extraño sabor.
—"Toma, bebe, es caldo. Tienes que beberlo si quieres vivir"- cerré los párpados. Sabor de caldo, hospicios y monjas han quedado, desde entonces, asociados en mi mente.
Abrí un ojo, después otro, sin saberlo esperaba vislumbrar una sábana colgada de muro a muro y a mi madre debajo de un hombre. Todo era extraño, las paredes blancas, niños en otras camas con sábanas que no tenían manchas, las caras limpias de aquellos chicos. Sin darme cuenta, miré mis manos, no tenían mugre; mis uñas no estaban de luto con su orilla negra.

Volvió mi memoria salpicada de ciertas cosas: El olor del orinal que se vertió sobre mí cuando mi madre me empujó. El flotar en el aire del olor a sexo húmedo mezclado al sudor de los cuerpos. Miré el techo no estaban las moscas que mi madre veía con su cara ausente, como si no supiera lo que le estaban haciendo. No había hombre con sus gritos que me aterrorizaban.
Afuera estaba la noche y adentro apagaron las luces. Tuve mucho calor, veía relámpagos, divisaba a mi madre y a un hombre vestido que la tocaba.

Ahora contemplaba a la mujer con la cosa blanca que se balanceaba sobre su cabeza. -Hay que inyectarlo. Dijo una voz lejana. Se acercó otra mujer, toda de blanco. Me movieron, la última traía una lanza en la mano me inyectaron.

Los días se sucedían sin que yo supiera lo que pasaba. Tenía la tos intermitente, a veces sí, a veces no. Un día por la tarde, un niño fuerte y alto se acercó a mi cama; dijo cosas que yo no entendí y me escupió sin tacañería. Tenía la cara como balón a medio desinflar, con un ojo en rendija vertical. Lo miré sin comprender: y le dije, -¡Hay gente que vale mierda! Yo no entendía la frase pero se la había oído decir a mi madre cuando uno se iba sin pagarle. El niño se fue.

Más avanzado en años, supe que me curaron, durante tres semanas en el hospicio de la comunidad.

—Tiene cosas de un niño de cinco años, ¡qué huesos tan delgaditos!-. Hablaba la monja con la mujer de blanco.

—Sí, contestó la otra. Pero la falta de dientes se da a los seis o siete. No le crecieron los huesos. -

—Exactamente, confirmó la monja, tiene el costillar visible como un perro famélico, no creo que viva mucho.

Me pusieron ropa de la caridad, esa que algunos ricos ya no quieren y regalan a los pobres. Me sentí humillado, mi estatura no rebasaba la de una bota militar, pero yo era rebelde como un león. Poco tiempo después llegó una señora que parecía buitre, toda vestida de negro. Me señaló con el dedo, ese dedo me pareció gigantesco y una amenaza certera. Me cogió de la mano y bajamos una escalera; yo a resbalones, ella tirándome de la mano y sin dejar de hablarme ni un momento. No recuerdo sus palabras.

Había mucha gente en la calle, la mujer de negro me soltó la mano para acomodar un libro que traía bajo el brazo: ¡Corrí, corrí, corrí! Hasta perder el aliento, escondiéndome entre la gente, me había escapado.

Se dice que los borrachos tienen un Dios que los protege y, ahora adulto, me pregunto: ¿Por qué los niños no tienen un Dios para ellos?

En una plaza llena de luces había una tela muy grande, sentí que alcanzaba el cielo. Mucha gente alegre entraba por la abertura para desaparecer en la tela. Era la lona de un circo. Mitad con frío, mitad con sueño, entré con el público; nadie me preguntó nada. Me escondí en un rincón oscuro. Más oscuro debió ser el perro allí acurrucado, pues no había visto su pelo rizado hasta tocarlo. Como sólo los humanos me maltrataban, interpreté que el perro

pertenecía a mi mundo y lo sentí un amigo. Él no dijo nada no ladró. Me olfateó y se volvió a echar. Sentí su cuerpo caliente que aminoraba mi frío y me acurruqué contra él, era grande, yo no sobrepasaba su estatura.
Me despertó un puntapié, al abrir los ojos y levantarme vi a un hombre que me pareció tan alto como la lona del circo. Me tiró de los cabellos me dio una escoba y así aprendí a barrer, a limpiar los baños y a quitar los excrementos de los animales. Cuando no lo hacía bien, el hombre me golpeaba y como castigo me echaba fuera sin comer.
Al anochecer sentía miedo, entonces con el estómago vacío buscaba al perro; junto a él sentía protección, él con frecuencia me encontraba primero. Me acostumbré a dormir a su lado, los humanos me provocaban temor. Por mi parte siempre me las arreglaba para darle de los alimentos que me correspondían. Por nombre le puse, *Amigo*. Él solía ir de paseo por las noches y durante el día dormía, reponiéndose de sus andanzas.
Fue un domingo cuando me di cuenta que *Amigo* no llegaba, eran las tres de la madrugada y yo llevaba todo el día sin verlo, algo me dijo que ya no llegaría. Me quedé dormido abrazando la manta con la que ambos nos cobijábamos. *Amigo* nunca llegó, ese día lo pasé barriendo, limpiando y mirando con frecuencia hacia el lugar por donde antes solía venir. La tristeza me invadió como a la ciudad el frío, era diciembre, los últimos días y con ellos, llegó la primera nevada.
El circo cerró sus puertas, la persona responsable de los animales, el hombre que me dio de puntapiés cuando me descubrió dormido, me dijo: -El circo se va, regresaremos en septiembre, lárgate.
Lo miré, un dolor atizó dentro de mí. Recordé al hombre que golpeó a mi madre. Algo debió notar en mi cara que me dijo: -Ten estos billetes.
El hombre nunca me había dado dinero, trabajaba solo para comer; era agua, pan, a veces carne; una vez sopa. Mis costillas perecían decididas a perforar la piel, y sentía mis huesos delgados como si se fueran a romper.
Me quedé por ahí, merodeando, sin saber bien a bien qué rumbo tomar.
Un día, fui a lavarme en un tonel recolector de lluvia; después de lavarme salí de él con mucho esfuerzo apoyando mis manos en el borde. Me estaba sacudiendo y escurriendo con mis manos el agua de mi cuerpo, cuando sentí una presencia; volví la cabeza, miraba toda mi desnudez una mujer de doce años. Se acercó a mí, no tuve miedo. Con la cercanía de los animales desarrollé el instinto de saber quien era mi enemigo; nos miramos, me tendió una toalla, siguió mirándome mientras el agua se absorbía en la tela.

—Te falta la espalda—me dijo, tomó la toalla y me secó la espalda.
-¿Qué edad tienes?

—No sé, creo que cinco o siete, quizá doce, no recuerdo—dije.

—Doce no, porque no tienes pelos en tu... -me explicó la mujer, mientras su mirada se posaba más abajo de mi ombligo.

Miré mi entrepierna, ella tenía razón, no había barba.

—Pero eres un hombre.

La escudriñé, sus ojos estaban puestos en mi pubis, bajé la vista, la cosita estaba horizontal.

—Ten, tápate con la toalla, -me dijo.

—¿Por qué? Los hombres se desnudan con una mujer. Todos lo hacían con mi madre, -respondí.

La mujer se sonrojó. -Espérame aquí, tu ropa huele mal; voy a traer algo que te va a servir, -me dijo y se alejó.

Mi mujer regresó con calzoncillos, una camiseta, camisa y pantalones. También con calcetines y sandalias. Dejé mi toalla, la mujer seguía mirándome. Me vestí.

—Ven. Me tomó de la mano. - ¿Qué edad tienes?, le pregunté.

—Doce años. -Oí que te despidieron de tu trabajo, prosiguió.

—Sí, me dio esto,—dije, y saqué del bolsillo cuatro billetes.

—Ese dinero sólo te servirá por un día. -Me llevó de la mano. Entra. Era una casa rodante, nunca había visto una por dentro.

—¿Aquí vives?

—Si con mi papá y una señora que vive con él

—¿Y tu mamá?

—Murió hace doce años.

—Mi mamá no murió, le dije

—¿Cómo te llamas?

—No lo sé.

—Mi padre salió con la señora, regresarán tarde. ¿Por qué no sabes tu nombre?

—Mi mamá me decía hijo.

—¿Nunca te pusieron nombre?

—Nunca, dije sin saber, tenía un vago recuerdo.—Yo sí le puse nombre al perro del circo, le puse Amigo. Creo que lo mataron, de lo contrario hubiera regresado; lo quería mucho.

Recordé su forma de mirarme mientras me vestía.—Tú me viste desnudo, yo tengo un ombligo ¿Tú, tienes ombligo?

—Yo, la niña llevó su mano derecha al abdomen.—Sí, ¿No sabes que todas las personas tienen uno?

—Quiero ver tu ombligo.

La niña se levantó la falda. - ¿Ves?, todos tenemos uno. Miré el hoyito.
—El de mi mamá era más grande. ¿Cómo te llamas tú?
—Luna.
—¿Igual que la linterna redonda que hay en el cielo?
Luna se rió.—Sí.
—Muéstrame lo que tienes más abajo.
Luna bajó sus calzoncitos, las mejillas con un tinte rosa. -Tú tienes como una alcancía, mi mamá también pero, hay un peluche negro que le cubre la línea vertical. Hice al mismo tiempo un gesto descendiente con la mano.
Luna se cubrió.—Ahora, deja que yo vea tu cosa. Murmuró.
—Sí, mira. Y le mostré mi cosa.
—Te voy a poner un nombre. Dijo Luna.—Para poder llamarte cuando tenga miedo. ¿Tienes hambre? Hay pan, queso, mermelada y carne seca.
—¿Puedo comer un poquito de todo?
— Sí, pero antes ven, te voy a bautizar.
—¿Qué es bautizar?
—Te echan agua encima.
—¿Para ahogarte?
—¡No! Para ponerte nombre, después un hombre vestido de mujer mueve la mano sobre tu cabeza.
—¿Por qué?
—Me han dicho que así, el mal de ojo no entra en el cuerpo del niño.
—¿Al niño le duele un ojo?
—Después te explico, primero te bautizo. Tomó agua y la roció en mi frente.—Te bautizo: Valiente.
Mis ojos se comían todo lo que Luna ponía sobre la mesa; al segundo bocado Luna dejó de comer.
—¿Por qué no comes Valiente?
—¿No se enfada tu papá si como?
—Mi papá es muy bueno, la mujer que duerme con él es mala.
—¿También has visto a la mujer desnuda cuando hace cosas con tu papá?
—A veces curioseo. Cuando sucede de día me piden que salga. Ahora, podré jugar contigo cuando eso pase.
—¿Tú crees que tu papá me dé trabajo?
—Cuando regrese le vamos a preguntar. Le voy a pedir que duermas conmigo, quiero decir, en un colchón pequeño que ponemos en el suelo.
—Pronto va a nevar. ¿Has sentido como huele a nieve el aire frío? Le contesté.

—Sí. ¿Nunca te llevó tu mamá a la escuela?
—No, ¿Qué es la escuela?
—Es una casa donde enseñan a los niños a leer y a escribir.
—¿Tú vas a esa casa?
— No, porque mi papá me explica todo.
Me quedé pensando, - ¿Estás contenta de tener un padre?
—Sí. ¿Tu padre murió como mi mamá?, preguntó Luna.
—Mi...Mi padre. Una vez, mi mamá me contó que, en la misma noche, conoció en la cama a cinco hombres, y que no supo cuál de todos fue mi padre. Creo que nacemos porque un hombre mete su cosa en el peluche negro de una mujer. Yo, todas las noches veía como mamá jugaba con los hombres, y ellos con la alcancía de mi madre. Yo se bien lo que se tocan los adultos.
—¡Ah! Dijo Luna. - ¿Quieres beber algo?
—Sí, tengo mucha sed.
Luna llenó a la mitad dos vasos de vino tinto.
—Mi papá dice que los niños no deben beber vino.
—¿Entonces, qué te gusta beber?
—¡Vino! Porque no hay otra cosa.
— Pica, no me gusta, dije.
—¿Tu mamá ganaba dinero con los hombres?
— Sí.
—Yo he visto a esas mujeres. Se ponen en las calles y, en el cuarto, dejan que los hombres les metan su cosa. Los hombres pagan por eso. Expresó Luna convencida.
—¿Tu papá le paga a la mujer mala?
—No sé.
—¿Crees que me deje dormir aquí?
—Le diré a mi papá que si no te deja, me voy contigo.
—¿Tu papá de que cosa trabaja en el circo?
— Es trapecista. Contestó Luna.
—Yo le puedo ayudar, mira. Me levanté la manga, doblé el codo cerrando el puño y le mostré mis músculos.
Luna miró el delgado brazo, sin que en el se marcara músculo alguno.
—Sí. Contestó.—Con el ejercicio te vas a poner muy fuerte, Valiente.
Luna recogió los platos de la mesa y se dirigió al lavadero
—Te ayudo a lavar los platos. - Le dije. - Mi mamá me enseñó.
Unos pasos lentos, pesados, cimbraron la casa rodante. La puerta se abrió. Oí la voz de Luna que decía: - ¡Papá, papá! Siguió un sonido chillón, agudo;

pertenecía a la mujer mala. Cuando oí los pasos, me escondí atrás de una caja, contra la cual se aburrían unas escobas con las cerdas para arriba.

—¡Papacito! Tengo un invitado, te presento a Valiente. Luna giró al mismo tiempo hacia donde me había visto un momento antes.

Me sumí más al fondo, esperaba oír gritos y golpes; el hombre me podía matar. Los tres estaban expectantes, las voces se habían acallado. La mujer mala tenía la puerta entreabierta, como felino sin hacer ruido, a cuatro patas salí de mi escondite y atravesé la corta distancia. Salté los tres escalones que daban al piso de afuera y corrí con todas mis fuerzas.

—¿Qué pasó con mis piernas? ¡Parecía una sombra! Gritó el padre. - Tu invitado es un osuelo ¡Amarra tu mascota con una cuerda fuerte, la próxima vez!

—Papá, es un niño huérfano, no tiene a dónde ir. ¡Tienes que darle trabajo!

—¡Ah, no!, gritó la mujer. Con tu hija tengo bastante. ¡No quiero más gente en esta casa! ¡Ni lo pienses, Luna, traer a ese pordiosero!

—Lo va a querer, *señora*. -Siempre le decía, *señora*-. Mira papá tiene el cabello castaño claro, ensortijado, los ojos grandes color avellana, su mirada tiene una sombra de tristeza como quien viste de luto.

—¿Quieres a ese muchacho aquí, Luna?

—Sí, papá.

Luna era muy blanca, con seriedad de mujer y sonrisa de niña, sus cabellos recordaban el trigo, sus ojos grises tenían chispeantes rayas azules. Era difícil decirle que no. El hombre miró de reojo a su señora, con ese temor que habita en tantos maridos, al estallido del mal humor, el volcar de la histeria en el hogar.

—Podríamos intentarlo unos días, señora. El trapecista también, en la cama le decía: *señora*.

—Ya he dicho que no y ¡basta! Y tú, - miró a Luna con desdén - ¡A dormir!

Me acuerdo cuando trajiste a ese perro, porque tu hija quería uno, me pasaba limpiando sus suciedades. ¡Estoy harta de ser la criada de todos!

—¿Quién demonios puso esa escoba con las cerdas hacia abajo? Yo la dejé hacia arriba. ¿Y esos platos mal lavados? ¿Las migas en el suelo?

—Las estaba recogiendo cuando llegaron, - dijo Luna, que con un cepillo corto de cerdas negras se apresuraba a barrer bajo la mesa.

—¡Deja eso!, -gritó la *señora*, con áspera autoridad-. ¡Eres una holgazana!

Luna miró a su padre recogió su abrigo y un cobertor. -Voy a darle esto al niño, no tiene donde dormir y esta noche va a helar. Franqueando la puerta, Luna se llevó de paso una bufanda. La señora le gritó. -¡Estúpida! No sabes ni donde está.
El fuerte y seco golpe de la puerta que se cierra, fue la única respuesta del marido. La mujer prendió la radio, era la hora de su radio novela predilecta. ¡Por nada del mundo se la perdía! Con saltos de humor impredecibles, alzó la voz. - Júpiter, trae los bocadillos que están en el refrigerador y siéntate a mi lado ¿sí, cariño?
De la radio salían notas de música que bailaban en el cuarto; voces hablaban de una mujer embarazada que llevaba a un niño de la mano, con otro más prendido a su cuello mientras lo sostenía en el antebrazo, y una voz de mujer que decía al radioescucha - ¡Será bonito tener otro hijo! En ese momento entró una voz anunciando alimento para bebé. Júpiter colocó los bocadillos sobre una mesita y se sentó al lado de su mujer sin decir palabra.
El aire mordía con sus dientes fríos, Luna puso la bufanda alrededor de su cuello para que estuviera caliente cuando se la diera a Valiente. Se dirigió a donde lo vio bañándose, sabía que cerca protegido de la lluvia, en algún rincón trataría de dormir. Aunque niña, tenía el instinto curioso por aquello que era inusual; varias veces lo observó sin que la viera.
Un viento gélido se levantó furioso, Luna aceleró el paso; en su imaginación veía al niño sin chaqueta, temblando. Nunca tuvo un amigo y en su temor de niña pensó que Valiente podía morir. Su amigo no estaba en el rincón del perro. Miró a su alrededor, la desolación se colgaba de los árboles desnudos. Hacía dos días que el circo se desmontaba; había cajas y periódicos por aquí y por allá, algunas cuerdas yacían abandonadas en el piso, se usarían al día siguiente para atar fardos, tirar de carretas y sujetar cosas. Eran los preparativos, en una semana el circo saldría como todos los años, hacia un país menos frío.
Luna regresó a casa de su padre, empapada de llovizna y llena de tristeza. La mujer mala no se percató de su llegada, Luna se metió en la cama, desde ahí escuchaba los ronquidos del padre, que dormía con el sueño profundo del alcohol. Bebía para olvidar, por corto tiempo su destino. Recordó una noche en que él le hablaba de su madre muerta; lo oyó decir que el despertar con cruda era mejor que estar en vigilia. Luna le preguntó - ¡Por qué papá!

—Porque la realidad de mis días me fustiga con su escoba de bruja fea y vieja.

—Las brujas no existen, padre.

—Pero mi realidad sí.

Luna le había dado un beso, que aparentó no sentir.

Al día siguiente Luna se levantó temprano, pasó tres gotas de agua por su cara; se bañaba sólo los sábados, se enjuagó los dientes con un buche de vino, puso en un trapo pan, queso y un pedazo de carne seca; fue mesurada, si la Señora notaba menos comida le reclamaría a su padre, así que decidió no comer.

La mujer seguía dormida, roncando al unísono de un ladrido lejano. Con unas tijeras, Luna perforó un cobertor por la mitad, quiso pasar su cabeza por la abertura sin lograrlo, sus orejas estaban atrapadas, forcejeó, casi se las arranca. Agrandó el corte, para que la cabeza de Valiente pudiera pasar por ella. Sería su abrigo, le colgaría por los lados como los ponchos sudamericanos que había visto.

Su padre hacía ejercicios de gimnasia sueca en el exterior, se ejercitaba para conservar la flexibilidad. Se acercó a él, - Papá, ¿dónde crees que esté mi amigo?

—Búscalo donde están los animales, se de un niño que barría y lavaba las jaulas, por ahí debe estar.

Luna dio la vuelta y salió corriendo, no sabía que se daban besos al despedirse su padre nunca lo hacía. El afecto se aprende, por lo menos, algunos de sus gestos. Luna lo supo con los años.

Los animales le impresionaban. Su corazón latía mas fuerte conforme se acercaba a las jaulas. Con angustia en la voz, preguntaba - ¿No han visto a un niño?

—¿Cuál de todos? Y ella no sabía que contestar.

A la misma pregunta, un payaso le dijo - ¿Buscas al niño del perro? Aquí todos lo conocemos con ese nombre.

—Sí, es mi amigo.

—Pues búscate otro, ése es un pordiosero mal oliente.

Se sintió ofendida por el trato que daban a Valiente. Giró la cabeza en torno vio gente alrededor de una jaula, como rebaño, una pequeña multitud curiosa, gritona; se agitaba.

—Algo debe suceder. Pensó.

Se acercó y avanzó en medio de la multitud a codazos, empujones y agachada llegó a la primera fila.

—¡Busquen al domador! Gritaba uno. ¡Denle un tiro! Decía otro.

— ¡Va a triturar al niño! Chilló una mujer.

El terror la paralizó.

Luna me vio cogido por el cuerpo de una boa gigante; tan enorme era la serpiente que yo parecía un muñeco diminuto. La jaula era de vidrio. Los anillos de la serpiente podían romper mis huesos con un apretón ligero, la boa se desenroscó lentamente, mientras su cabeza zigzagueaba.

—¡Aquí está el domador! gritó una voz.

La gente se apartó para dejar pasar al hombre. - ¡Silencio! Van a asustar a la boa.

Se hizo silencio. - Cleopatra, susurró el domador a través de los orificios que servían de ventilación a la jaula. La serpiente apuntaba la cabeza hacia el otro lado.

—¡Entre! Gritó uno - salve al niño.

El domador de serpientes separó sus brazos, dando a entender que se callaran. Con una expresión de sorpresa me miró jugando con la serpiente, ésta se había desenroscado, mi mano le acariciaba la cabeza. Me alejé de ella haciendo con la mano un movimiento en círculo. La boa empezó a enroscarse de nuevo sobre sí misma, dejando un espacio en el centro. -¡Es mi aro! Dije señalando con la mano a la serpiente.

Con pasos de bailarín, como si no pisara el suelo, en tres zancadas, me acomodé en el centro de la serpiente. La gente estalló en aplausos.

—¡Bravo, bravo!

—Salí de mi rueda saludando al público, como los payasos lo hacen, inclinando mi cuerpo con la cabeza hasta el suelo; con tal ímpetu lo hice que rodé hacia adelante, el accidente lo convertí en destreza y mis pies me enderezaron. Nueva ola de aplausos. -¡Bravo, bravo!

El domador, un hindú, me ayudó a salir de la jaula de la serpiente.

—¿Cómo te llamas? Me preguntó.

—Valiente.

—Ven conmigo.

En ese momento mi mirada encontró la de "mi mujer". Luna tenía grandes lágrimas que rodaban por sus mejillas, apretaba fuertemente un trapo abultado contra su pecho.

—¡Valiente! Me gritó, pero sus piernas no la obedecieron al tratar de acercarse.

—¡Luna! Corrí hacia ella a un metro de distancia; no sabia que se podía abrazar para expresar un sentimiento. La cogí de la mano.

—Ven, le dije la voz orgullosa y el corazón latiendo más fuerte.

—Creí que te había perdido. Dijo Luna - La boa, me asusté mucho.

—La boa es mi amiga, de tanto limpiar jaulas, los animales no me hacen daño. Pensé en el hombre que le pegó a mamá y me lanzó contra el muro.

—¡Corramos! ¿A ver quien llega primero al poste blanco que sostiene la lona? Le dije.

Los siguientes cincuenta metros los hicimos corriendo, llegamos, Luna con las mejillas coloradas como manzanas. Yo, pálido. Luna me preguntó - ¿Te sientes mal? Tienes la cara pálida.

—No sé. Me toqué la espalda por encima del hombro.

—¡Te duele!, me preguntó Luna, la mirada fija en mis ojos.

—Me duele entre las dos cosas que tengo aquí, arriba.

Luna había puesto su mano sobre mi espalda. - Son los omóplatos, -dijo. Voy a golpearte eso quita el dolor, y comenzó a dar golpecitos en mi espalda

—¡Más abajo! Allí, allí.

Me volví hacia ella, - ¿Eres doctora?

—No. ¿Dónde vas a dormir?

—Vamos a ese rincón, bajo la lona, traje comida. Dijo. Nos escondimos.

—¿Toda la comida es para mí?

—Toda.

Yo vi los ojos de Luna que miraban el queso, el pan y la carne seca, igual que yo las miraba; ella tenía la cabeza inclinada hacia la comida. Le levanté la frente con una caricia, como le hice a la serpiente.

—¿Has comido?

Luna no apartó sus ojos de los míos. -No.

—Ten. Hice dos partes del queso, el pan y la carne.

—No pude traer bebida. Me dijo.

—Hace falta el vino, pica pero calienta. Luna y yo comimos cogidos de la mano.

—Tengo frío, dije.

—¿Dónde tienes frío? - me preguntó.

—En la espalda. ¿Crees que voy a morir?

—No digas eso, el suelo está muy frío pero voy a poner mi pecho contra tu espalda, así mi calor entra en tu cuerpo. De esa forma terminamos de comer.

—Cuando comas bien, vas a crecer y serás más alto que yo. Me dijo Luna.

—Ten mi dinero. Le dije, y saqué de mi bolsillo los billetes que me había dado el hombre que cuidaba de los animales.

—¿Para qué?

—Tú sabes donde comprar vino, un poquito. Si en la noche siento frío, lo bebo y guardo un poco para ti.

—¿Qué tienes en el brazo?

—Te hice un abrigo, se llama poncho.

—¿A todo le pones nombre?

—Es un abrigo que usan en Sudamérica, pasa la cabeza por la abertura, separa los bordes. Te llega a los tobillos y así te protege del frío; para dormir, doblas las rodillas y quedas tapado. Ten también esto, es una bufanda.
Con los brazos extendidos, Luna la puso alrededor de mi cuello.
—Una punta la dejas en la espalda, te dará calor. Y el otro extremo sobre tu pecho. Si hay viento helado, con la mitad de la bufanda te cubres la cabeza.
Miré a Luna. - mi mamá nunca me cuidó como tú, - le dije.
Cuando se cuida a alguien, ¿quiere decir que se le ama? - pregunté.
—Sí.
—¿Tú me amas?
—Sí.
Quedé pensativo. Me quité el poncho, se lo puse a Luna y también la bufanda.
—Siento tu calor, el que pusiste en la bufanda, murmuró Luna. - ¿porqué haces esto?, yo ya tengo un abrigo.
—Porque aunque callado, quiero que sepas que te quiero.
—Yo también te quiero. Luna me puso de nuevo el poncho y la bufanda.
—Espérame aquí, voy a buscar un poco de vino para que te quite el frío en la noche, me dijo y se alejó.
Era la primera vez que tenía un abrigo; sentí que antes, debí ser muy pobre para no poseer un abrigo. ¿Qué haría mi madre con el dinero que los hombres le daban?
La vida me había enseñado mucho en poco tiempo. Muy pronto supe que había hombres que se llamaban "chulos".
¿Habría mi madre, tenido uno de esos? Mi mente de niño no lo recordaba.
Luna no regresaba, salí a inspeccionar los alrededores. Hombres del circo fuertes, tiraban de una cuerda gruesa para levantar partes que después, ponían en un camión muy largo. Otros, colocaban jaulas sobre plataformas.
Cuando Luna se fuera a dormir, yo iría con el hombre de las serpientes. Podría trabajar para él, cuidar de Cleopatra, tendría comida y tal vez, dormiría sin frío.
Vi llegar a Luna, sus pasos rápidos hacían poco ruido; en sus manos sostenía dos paquetes.
—Te traje leche pura, pasteurizada. Pruébala.
La tapa era de cartón, bebí directamente de la botella. Era un sabor nuevo para mí.
—¿Es leche de mujer?, le pregunté a Luna.
—No, es de vaca.
—Yo he visto señoras que dan leche con su pecho a los bebés, le dije.

Todas las noches, los hombres que visitaban a mi madre hacían como esos bebés, con la boca chupaban los pechos de mi madre pero, nunca le salió leche. Debía ser agradable, porque mi madre se reía.
—¿A ti nunca te han chupado?, indagué curioso.
—No, porque soy una niña.
Miré sus pechos, eran como pelotas chicas. No abultaban bajo su ropa. Luna me sonrió.
—Vamos allá, le dije. Y señalé el rincón donde estuvimos comiendo. -Quiero chupar tus pechos.
Luna miró hacia atrás, asegurándose que nadie nos veía. Se desbrochó el abrigo y se levantó el suéter. Acerqué mis labios entreabiertos y acaricié con mi lengua sus pezones, como lo hacían los hombres a mi madre. Mis manos acariciaron sus pechos, suavemente, como si acariciara un pétalo de rosa.
—¿Por qué tú no te ríes?, le pregunté. Su cuerpo estaba tembloroso. Recordé el movimiento que los hombres hacían con su mano, debajo de la falda de mi madre, hice lo mismo. Sentí los muslos de Luna, calientitos. Ella estaba paralizada, no se movió; sentí su alcancía, mi cosita estaba horizontal. Luna la tocó y no supo que hacer, nos separamos un poco. Nuestra respiración acelerada.
—Mi mamá me decía que esas cosas, los niños no deben tocarlas, me dijo Luna.
Nos miramos, lentamente retiré mis manos de sus muslos y acomodé con cuidado su suéter. Sus mejillas seguían encendidas como dos manzanas.
—Voy a ir a ver al hombre de la serpiente para que me dé trabajo, le dije a Luna.
—¡Sí!, exclamó Luna emocionada. - hay que pedir tres comidas al día y dinero cada quincena, expuso con un tono de firme convencimiento. - además, que tengas donde dormir la verdad, a mí me gustaría que durmieras en mi casa.
Emprendimos el camino rumbo a la casa de hindú, el cielo nos acompañó con nubes grises, a lo lejos eran aún más negras, En nuestras caras sentimos golpes fríos.
—¡Granizó! Corramos, Valiente.
Corrimos tomados de la mano. - Mira, la casa del hindú.
—Sí, la roja contesté.
Mi respuesta se perdió entre el ruido del granizo golpeando los techos de las casas rodantes. Tocamos en la casa roja, el domador de serpientes

separó una cortina y al vernos, nos abrió. - ¡Entren, niños! Está cayendo una tormenta.
El hombre traía un turbante blanco, estaba con dos niños y una señora, de cuyo pecho comía un bebé. Mi mirada se clavó en el bebé, me acerqué a ella, se cubrió el pecho con dos dedos de la mano, dejando libre el pezón. - señora, ¿su bebé toma leche? Mi pregunta fue hecha con toda seriedad. La mujer miró al marido el cual rió. Lo que fue un permiso para que también ella sonriera. El hindú me llamó. -Ven, quiero hablar contigo. Tienes sangre de domador, yo, que soy un profesional, no he logrado más que presentar serpientes al público, pero tú lograste hacer que la boa te obedeciera. ¿Qué hiciste para obtener ese resultado?
Luna intervino rápidamente, - mi amigo necesita trabajo. Le proponemos; tres buenas comidas al día y un sueldo de veinticinco dólares.
   —¿Al mes?, preguntó el amo de la serpiente.
Yo, iba a decir algo que parecía un sí, pero Luna se anticipó. - No, señor a la quincena. Mi amigo es muy bueno y conoce de boas.
   —¿Cómo lograste que la serpiente no te atacara? ¿Cómo es que te obedeció?
   —Pues un día, miré a Luna, ella me guiñó un ojo y con la cabeza hizo señas para que callara.
   —¿Qué le parece señor, si antes firmamos el contrato? Ahora era yo quien le guiñaba un ojo.
   —Ven a verme mañana y resolvemos. Me dijo el hindú.
Salimos, el rostro de Luna tenía un brillo especial.
   —No te preocupes, Valiente. Ese señor trata de castigarte para que bajes el precio. Y prosiguió. Caminaba veloz prácticamente me arrastraba tirando de mi mano, yo tenía que hacer un esfuerzo para seguir su paso. - Vamos a casa de mi papá para que te deje dormir con nosotros. Ten, sobró dinero del que me diste, de este le das dos billetes a la señora mala para que no se oponga. - Todos los días te voy a enseñar a leer y escribir.
   —¿Y podré leer todo?
   —¡Claro! Libros, revistas y periódicos. Las letras son como dibujos, aprendes a reconocerlos y te dicen todo.
   —Y ¿si digo un sonido de música, sabré como es su dibujo?
Luna se detuvo pensativa.
   —Eres muy lenta Luna, ¿por qué no me contestas?
   —Nunca había pensado en eso. Cuando lleguemos a casa, es mejor que me esperes afuera, yo entro primero si la señora está de mal humor, podría pegarnos con la escoba. Ahora se veía preocupada.

—¿Te pega todos los días?
—A veces, cuando no está mi papá.
—Entonces ¡No entro!
—A esta hora mi padre está en casa. Ponte atrás de ese árbol. Luna señaló uno con el índice. - no te asustes, espérame.
Luna estaba acostumbrada a las contradicciones de la señora. Una vez, su padre le había dicho: - ¡esta mujer tiene un carácter inestable! No comprendió muy bien lo que significaba, pero lo asoció a los incidentes que diariamente surgían en su casa. Sin embargo, esta vez se llevó un sofocón.
En la puerta de su casa había un pequeño grupo de gente. Su padre estaba sentado y miraba a la señora. No habían prendido la luz; sobre una repisa pusieron siete velas encendidas; las siete flamas proyectaban la sombra de los objetos sobre la pared. La lámpara del techo se alargaba, y el final oscuro de su sombra, tocaba una mancha que, probablemente siempre estuvo ahí pero que ella no había notado. Las dos escobas de la casa se aburrían, apoyadas contra la ventana con las cerdas para arriba.
La señora ostentaba un moño en el brazo izquierdo cuya cinta morada se agitaba en pequeños vaivenes, al tiempo que batía dentro de un recipiente un líquido cremoso.
—Esto debe esperar, esto debe espesar. Pero el líquido no espesaba. Luna notó que a su padre, la mujer le había atado un moño igual en el brazo. El gato negro tenía una cinta alrededor del cuello. Y, un letrero en la pared tenía grabadas grandes letras formando la palabra: MIERCOLES. Su padre la miró entrar y con el índice en los labios le indicó que no hablara. Luna guardó silencio.
—Nos llegó el rumor confirmado por un vecino, dijo la señora. - que el niño pordiosero, tu amigo, tiene poderes misteriosos; los animales le hacen caso, tiene influencia sobre ellos. Es la reencarnación de San Francisco.
—Nos ha contado el vecino. -decía el padre, mientras su mujer asentía.
—Ellos vieron, con sus propios ojos, cuando la boa abrió sus fauces y el niño entró en ellas. ¡La serpiente no le hizo daño! El chico salió ileso.
—A esos testigos les consta, -dijo señalando la puerta -Cómo la boa obedeció, enrollándose sobre sí misma, con, con el pordiosero en el centro, sin que lo triturara.
—Son poderes sobrenaturales. - Confirmó un vecino.
—¡Ve a buscar a tu amigo! Su presencia aquí traerá beneficios incontables. La enfermedad no entrará en esta casa. ¡Bendito sea Dios! - dijo el padre.
—¡Niña, pon el incienso cerca del Buda, antes que salgas! ¡Ah! Y préndelo mirando hacia el oriente; otra cosa, espérate, ponte tu falda morada porque hoy es miércoles.

La mujer seguía batiendo el líquido. Luna salió corriendo rumbo al árbol.
No vio a Valiente, miró para todos lados. - tuvo miedo de que mi padre le pegara y de nuevo se ha ido, - pensó Luna.
Corrió a donde todavía se encontraban algunos animales. Sólo había seis jaulas y estaban alineadas para ser transportadas en el tren, pronto cruzarían la frontera con destino a Italia buscando ciudades menos frías.
Luna deseaba con todas sus fuerzas, que Valiente fuera con ellos.
—¿Seré víctima de un amor precoz? La pregunta, vagamente formulada, golpeó su corazón de niña.

Regresó al árbol, por fin veía a Valiente mirando hacia su casa.
—¿Por qué escapaste de nuevo?
—Estaba aquí y el hindú me llamó, fui con él a su casa. Ha aceptado la proposición pero no la firma de contrato alguno.
Luna aplaudió, feliz. -¡hemos ganado, hemos ganado! - decía saltando.
—¡Hemos ganado en los dos frentes!
Valiente la miró. - ¿Cuál es el segundo frente?
—La mujer de mi padre quiere que vivas con nosotros, dice que tienes poderes misteriosos.
—¿Qué son poderes misteriosos?
—Lo que hiciste con la serpiente
Luna lo tomó de la mano y echaron andar rumbo a su casa.
La alegría de Luna la hacía caminar y hablar apresuradamente, casi me arrastraba, me esforzaba por mantener su paso y hablar al mismo tiempo.
—¿Tú crees que podamos comer? - le pregunté. - tengo hambre de nuevo.
—Te prepararé algo. Ahora ya somos marido y mujer. - me contestó Luna con la cara radiante.
—¡Sí! Eres mi mujer. - recordé una vez que iba con mi madre por la calle, cuando pasó un automóvil sin techo y muy adornado. Ella me dijo - mira, son recién casados, acaban de salir de la ceremonia. Esa imagen se proyectaba sobre mi cabeza y me hizo expresar con más fuerza: - Luna, tú eres mi mujer. ¡Y sin ceremonias!
—Exacto estamos casados. - Prosiguió Luna. - Porque tocaste mí...
—¡Alcancía! le grité.
—Y yo toqué tú...
—¡Trompa de elefante! - le dije. - es trompa de elefante, porque unas veces está para abajo y otras para arriba.
Juntos entramos a la casa.

—¡Deja a ese niño! - Gritó la señora. - Ven querubín, pon tus manos alrededor de esta jarra. - Así, mi amor de niño.
Desde que Luna se fue a buscarlo, la mujer no había dejado de batir su líquido sin que este espesara. Apenas toqué la jarra, aquel líquido se volvió espeso como una pasta para hornear.
—¡Ya ven! Mi niño tiene poderes. Exclamó la señora.
La mujer tomó entre sus manos mis mejillas y me dio un beso en la frente. Miré a Luna, asombrado, ella me miraba y también su padre, vi que ambos sonreían.
—¡Mujer, ponle su cinta morada!, -dijo el padre.
—No Júpiter, él no la necesita. Él ¡viene de arriba!
Yo miré el techo preguntándome de donde vendría.
—¿Oyen? - Dijo Luna mirando hacia la puerta.
Un ruido que iba en aumento, semejante a una manada en marcha, se entremezclaba con voces, éstas se silenciaron.
—Marido, ve qué pasa. -Dijo la señora con una expresión de preocupación en la cara. El hombre parecía atontado, fui yo quien abrió, entonces todos se acercaron a la puerta. A un metro de distancia, los que encabezaban la fila desordenada retrocedieron. Vi brazos que se levantaban con diversos objetos.
—Son para el niño misterioso, - gritaron algunas voces.
—Queremos ver al niño que tiene poderes, - decían otras.
—¡Déjenos tocar al niño de los milagros! - se oían voces de atrás.
Asustado me escondí atrás de la puerta y miré a Luna.
—Esta es la oportunidad -vociferó la mala mujer. - corten pequeños pedazos de listón morado y den uno a cada una de esas personas; véndanlas en cincuenta céntimos y díganles que recen, que el niño misterio ha tocado el listón.
El vocerío iba en aumento.
—¡Hay que hacerlo pronto! dijo el marido. - De lo contrario, ¡nos van a linchar!
—Iré con este cesto entre ellos, para que depositen su ofrenda.
—¡No! dijo Luna arrebatándole el cesto a la mujer. - Yo llevo el cesto ustedes dos el listón. Unió el gesto a la palabra, corrió y me dijo en secreto:
—Valiente, tú quédate aquí, cuando yo regrese sales a la puerta y con los brazos en alto, le das a todos tu bendición y les dices que recen, que regresen a sus casas y que estarás con ellos. Luego inmediatamente entras y cierras la puerta. Así se irán. ¿Entendiste? - me preguntó haciéndome un

guiño. Yo le respondí de la misma manera, haciéndole entender que estaba de acuerdo.

La tarde se ponía su abrigo oscuro. Los tres salieron, Luna con el cesto, el marido y la mujer con rollos de listón morado y unas tijeras para cortar tramos. Yo esperé en el interior, pasó una hora, dos horas, llegaban personas de otros barrios. Después de cuatro horas llegó Luna con el cesto lleno de dinero, lo puso en un costal y me lo dio.

—Guarda esto, voy por más. La gente sigue llegando. Valiente, sal ahora. - Y me empujó a la salida. Supongo que mi silueta destacaba como sombra china sobre la puerta.

Eran cientos de personas, al notar mi presencia el murmullo se acalló. Levanté los brazos como Luna me había indicado, las palmas hacía la gente. El silencio de la multitud vibraba, como una corriente que da toques. Muchos se pusieron de rodillas, había velas diseminadas que comenzaron a encenderse. Después, lagunas de flamas, hasta volverse un mar de luces. Eran llamas vacilantes, protegidas por manos. Cada uno rezaba a su Santo, a su Virgen, expresiones de fe. Mezcla de antiguas liturgias provenientes del fondo de los siglos. Todas las sectas profesan su dogma y la fuerza emocional de la esperanza, es capaz de hacer milagros. Los eventos se sucedieron sin que yo los cuestionara o entendiera.

Una quinceañera, con parálisis en la mano derecha de pronto, a un roce de mi mano, normalizó sus movimientos. - ¡Milagro! - gritó, levantando su mano y moviéndola en el aire.

Un hombre joven en silla de ruedas. Con su cinta morada sujeta en la frente se levanta y corre de un lado para otro.

—¡Milagro!, ¡Milagro!, ¡Milagro!, ¡Milagro! - Se formaba un eco, la multitud coreaba.

Entre ella surgió Luna, traía otro cesto lleno de dinero, que vació en un paño escondiendo éste entre su ropa. La madrugada avanzaba y la gente no se iba.

—Señora, le toca a usted ir con la canasta -dijo Luna al toparse con la mujer que venía agotada buscando listón. Le dejó la canasta vacía entre las manos y corrió al quicio de la puerta conmigo. Entramos solos a la casa.

—Valiente, este dinero es tuyo. - Me dijo, sacándose el bulto que escondió.

—Tú has sido el autor de los milagros, la señora mala no tendrá escrúpulos en robarlo. Vámonos por la puerta de atrás, debajo de la casa hay un hoyo entre las piedras. Enterrémoslo. - Salimos a hurtadillas, la sombra de la casa y la noche nos permitieron guardar nuestro tesoro. Volvimos a la casa, nadie notó nuestra ausencia. Afuera seguían gritos aislados:

—Queremos ver al niño que tiene poderes.

Los reclamos se unían, se iban haciendo coro; ahora era un ruido trascendente, con fragmentos de silencio para tomar aliento:

—Queremos tocar al niño del misterio.

Me puse en la salida de la casa rodante con las manos en alto, los gritos se acallaron. Don Manuel, un gigante que trabajaba en el circo con su oso, organizó el servicio de orden. Se le unieron otros y formaron pasillos entre la turba para que yo pasara; Luna siguió mis pasos. De la orilla de gente salió un hombre, le faltaban las piernas; con trapos protegía las manos que apoyaba en el suelo. Balanceaba su cuerpo para avanzar. Nos quedamos mirando, adelantó su mano:

—¡Tócame, niño!

Le toqué la cabeza, gritó: - ¡Mis ojos tienen luz!

La gente tocaba mi ropa conforme yo caminaba. Todos los brazos estaban tendidos hacia mí. Una mujer, con el brazo, me extendió una botella llena de agua.

—¡Toca la botella!, -me pidió.

Tomé la botella, le pedí a Luna que me la sostuviera y con mis manos las rodeé, igual que hice con la pasta de la señora mala. El agua en la botella estaba turbia, a los treinta segundos ya era clara.

Las personas que vieron de cerca el cambio, a la luz de las velas corearon: -¡Milagro! ¡Otro milagro!

Don Manuel que observó la mutación del líquido, no salía de su asombro. Súbitamente levantó los pies, alternándolos pesadamente. Danzaba igual que su oso, y al mismo tiempo giraba sobre sí. Sus hermanos gitanos se le unieron y, en poco tiempo, hubo grupos de baile de diversos orígenes. Una voz irrumpió en el aire, era la de Manolo, un sevillano que se ocupaba de la pequeña orquesta del circo. Lanzó de sus pulmones un Ave María al más puro estilo de cante jondo. La gente escuchó y, cuando creían que terminaba el canto, lanzaron un ¡Viva el niño! Entonces, Manolo improvisó:

—¡Que viva el niñooooooo de los milagrooooooos!

Alguien organizó una procesión; se unieron protestantes, católicos, judíos. Cada uno con sus íconos. Pero claros en el hecho: - Todos tenemos un mismo Creador. -como dijo el Rabino. No se sabe a ciencia cierta, qué rumbo tomó la procesión, se rumora que fueron rodeando un pueblo cercano, parte de la turba se había ido retirando. Luna dijo a la gente que aún quedaba:

—Dejen que el niño de los misterios descanse. Y me tomó de la mano. Los ojos enrojecidos por no dormir, los párpados caídos. Dormí bajo la mesa de la casa de Luna.
Temprano al día siguiente, salí con mi mujer. Paseamos entre cajas, papeles y cordeles.
—Valiente, la señora ha dicho ayer a mi padre, que ella ya no quiere seguir con el circo a Italia. Yo creo que se van a quedar en este país.
—Pero yo iré con el circo a Italia - le dije a Luna - porque tengo el trabajo con el hindú y Cleopatra.
—Ven conmigo, Luna ¿Eres feliz aquí?
—No, no soy feliz.
—¿Sabes hacer algún trabajo?
Luna hizo una pausa.
—Sé cocinar, sé coser ropa, lavar.
—¿En el circo?
—Puedo aprender. Sí, se trabajar en el circo, mi papá me ha enseñado a cambiar de trapecio y a hacer el salto de la muerte.
—Me han dicho que Italia es un país muy bonito, prosiguió Luna, con alegría contagiosa, sus labios esbozaban una sonrisa, eran carnosos, "ma non tropo", bien dibujados.
—Mi padre tiene un amigo, es el dueño del circo y él podrá ayudarnos.
—Si tu papá no te deja ir, ¿qué hacemos? -Miraba a Luna, expectante de su respuesta.
—Me voy contigo. Mientras trabajas con Cleopatra yo compro cosas y las vendo en la Plaza de San Marcos. Hemos juntado mucho dinero.
—El último convoy saldrá mañana. ¿Te irás con el hindú?
—Si, te esperaré en casa.
—Hoy voy a hablar con mi padre. Mira, ya empieza la luz del alba.
—Sí, me gusta el amanecer, me emociona, como cuando te veo venir de lejos. Le dije a Luna.
A mi madre, los hombres le daban besos sobre los labios, me acerqué a Luna y puse mis labios sobre los suyos. - Abre un poco tus labios, le dije, y la besé como yo había visto. Sentí su lengua, suavecita, tenía la tersura de un pétalo. Para no quedarme atrás de lo que había visto, mi mano se deslizó bajo su suéter y le acaricié los pechos. Su cuerpo vibraba, sus pezones adolescentes estaban erguidos, pidiendo batalla. Nos separamos.
—Me haces sentir mujer, - me dijo Luna al oído.
—Te espero, en unas horas más, en casa del dueño de la boa. - le respondí.
Me fui corriendo, evitando la muchedumbre. Luna me alcanzó.

—El dinero, lleva el dinero. Me entregó el bulto envuelto en un paño.
—Escóndelo en tu cuerpo. Me dijo mi mujer. - Que nadie sepa lo que tienes. Como dice mi padre, "El mejor amigo es un billete en el bolsillo".
Se dirigió a su casa. Frente a la puerta, ya la luz inundaba algunas personas aferradas a la esperanza.
En la casa rodante de Cleopatra, el hindú se afanaba en los preparativos.
—Tú irás en el tren con la boa, para cuidarla y darle de comer. Te acompañará mi ayudante, nos vamos a la estación; allí te bajarás. El tren del circo saldrá luego que todas las casas rodantes formen un convoy.
—Tengo hambre, - dije.
—Mujer, dale al chico, -gritó el hombre.
La esposa del hindú me miró con sus grandes ojos negros, almendrados, tenía en la frente un lunar rojo; vestía de largo. Me dio un pan abierto por la mitad y puso en el centro un trozo grande de jamón. También me dio café en un tazón.
—¿No tiene usted vino? Luna dice que da fuerza y calor.
La señora del lunar rojo me acarició la mejilla, sin sonreír, negó con la cabeza.
Alrededor de las doce del día salí de casa del hindú, mirando a lo lejos, esperando a Luna.
—Nos tenemos que ir, - gritó el hindú. Ya es tarde.
La casa empezó a rodar. Sobre el estribo, un pie; el otro, en el aire, presto a saltar para recibir a Luna. Me sujetaba con la mano izquierda la agarradera cuando en desniveles, la casa se ladeaba. Luna no aparecía. Perdí de vista la casa de Luna; mi mano helada por el aire frío se asía a la abrazadera. Sobre mis mejillas, lágrimas. En mi garganta, un sollozo. Ya en la estación del ferrocarril, la mujer del hindú me dijo: -Nos veremos en Italia, busca el vagón de la serpiente, a los lados tiene el dibujo de una boa.
Me dirigí a la cabeza del convoy. El maquinista estaba al lado de la locomotora.
—Señor, ¿en cuánto tiempo salimos?
—¿Eres del circo?
—Sí señor, voy con las serpientes.
El hombre me miró muy serio
—¿Cómo se llama tu serpiente?
—Cleopatra, señor
—¡Ah! Tú debes ser el niño misterioso, todos hablan de ti. -El maquinista y sus ayudantes se persignaron. Eran italianos.
—Calculo que en tres horas, levantaremos ancla.

—No se vayan sin mí, regreso en una hora, le respondí.
Corrí como pocas veces en mi vida. Aminoré el paso, estaba sin aliento. Me senté, volví a emprender la carrera. Había pasado una hora; miré hacia atrás el tren no se veía. ¿Me esperarían? Aceleré el paso; a la vuelta de un bosquecillo debía estar la casa de Luna, miré la planicie: La casa ya no estaba.
La llanura me pareció un cementerio sin tumbas; triste infinitamente solo. Regresé a la estación caminando, sobre mis hombros sentí el peso del cielo. Abracé mi abrigo, como si este fuese el cuerpo de Luna. Ella me lo había dado, ella estaba conmigo. Rechazaba la realidad.
Al llegar vi la locomotora; el fuego calentaba sus entrañas y el vapor blanco salía por sus flancos. Miré las ruedas que, lentamente, empezaban a rodar. Corrí menos rápido que antes, de un salto alcancé el estribo del último vagón. No era el de Cleopatra.
El andén se alejaba, un hombre en uniforme balanceaba una linterna. Atrasadas, atormentadas por el aire que provocaba el paso del tren, algunas hojas se desprendían de una rama seca.
Traté de abrir la puerta, mal alcancé la manija con la punta de los dedos; se abría hacia afuera, de tal suerte que tenía que ponerme del lado para librar el movimiento de abertura. Miré como la tierra con sus arbustos se iba. Tenía la sensación de que ella se marchaba y no el convoy. A medida que aumentaba la velocidad, más esfuerzo tenía que hacer para sujetarme.
El frío me entumía, el sueño me acorralaba, inducido por el trac-trac monótono de las ruedas, tocando la unión de los rieles, pensé en Luna no en mi madre, si yo caía a cualquier precipicio cuando el tren pasara por uno de esos puentes estrechos, nos encontraríamos en el cielo o en el infierno, algún día nos encontraríamos. Me pregunté apretando más fuerte mis manos, si el cielo y el infierno existían. Pensé si todo ello era como el listón morado.
El tren empezó a disminuir su marcha, vi la punta de la locomotora echando chorros de vapor grisáceo, mientras sus frenos poderosos detenían el movimiento. La gente bajaba gesticulando, de los vagones reservados para pasajeros.
—¿Qué pasa?, -gritaban algunas voces. Las mujeres miraban por las ventanas, sus cabezas parecían balones puestos en fila.
Salté y corrí, buscando el vagón con el dibujo de la boa. Estaba a la mitad del convoy. Era una plataforma sin estructura, donde dos o tres jaulas cubiertas por una lona, reposaban. En el extremo que daba hacia la locomotora, se encontraba el ayudante del hindú, tratando de entender qué sucedía.
—¡Eh! -le grité agitando la mano.

—¡Sube!
El estribo estaba alto. Mi pie no alcanzaba. Él me lanzó una cuerda, la sujeté con todas mis fuerzas y el hombre tiró de ella. Así alcancé la plataforma.
—Oye, -le dije - ¿Tienes vino? tengo mucho frío.
El hombre me tendió una botella; me puse de espalda y vertí el líquido en mi boca sedienta, casi la dejo caer, él se rió.
—¿Qué es?, le pregunté, entre tos y lágrimas.
—Es ron. Eso te quita el frío. Soltó una risa, dando a entender que era un conocedor. Entre la maleza vimos pasar una vaca, con su paso lento y solemne de cura engordado.
—Seguro estuvo sobre la vía. -Exclamó el ayudante.
—¿En dónde vamos a comer?
—El tren hace parada en pequeñas estaciones, allí bajamos a comer y vamos a los sanitarios.
—¿Dónde está Cleopatra?
—Levanta la lona.
—Voy con ella quiero hablarle.
La boa estaba dormida No quise interrumpir sus sueños ya me iba, cuando observé que movió sus anillos; su cabeza apuntaba en mi dirección. Le hablé con suavidad, a través de las perforaciones de ventilación; luego, la dejé tranquila volviendo a colocar la lona en su lugar.
Al ayudante del hindú le decía Silvo, porque era el que silbaba con la flauta a las cobras cuando el hindú exhibía a Cleopatra.
Silvo, tengo hambre.
Allá en esa bolsa, hay pan y salchichón, corta rebanadas.
Una especie de caseta instalada en la plataforma, permitía pasar la noche con menos frío. Me dirigí a ella en busca de la bolsa.
—¿Cuándo llegaremos a Italia?
—Para mañana a medio día cruzaremos la frontera.
—¿Silvo, sabes leer y escribir?
—Claro, ¿crees que soy un pastor de las llanuras de Eritea?
—Yo no sé, ¿me quieres enseñar?
—Sí, mientras haya tiempo te enseñaré el abecedario, cómo se usan las letras para formar palabras; después, allá tú. Tendrás que aprender solo.
—Gracias, Silvo.
Me introduje en la caseta, el pan y el salchichón me hicieron sentir bien. Luna me había dicho que, después de comer, tenía que lavar mis dientes con un cepillo. No tenía ese instrumento y sólo hice los buches. También

me lavé como ella me enseñó. Luego me envolví en el abrigo-poncho, me puse la bufanda un tramo sobre el pecho, otro sobre la espalda, el resto en la cabeza. Seguía al pie de la letra lo que me enseñó Luna. Pensando en Luna, caí en un sueño profundo. Ella me acompañó durante el sueño. Al despertar, no estaba triste.
El frenar del tren y un pequeño retroceso, me hicieron levantar al mismo tiempo que Silvo. Me estiré, bostezando.

—¿Es la frontera?

—Todavía no, contestó Silvo, pero puedes bajar a los sanitarios, estaremos aquí quince minutos.
Bajé de un salto con dificultad. La estación era de pueblo, entré a una tienda había emparedados, refrescos y botellas de vino; me fui a la sala de espera, en ella, dos puertas; como no sabía leer los letreros, esperé que alguien entrara o saliera, para no equivocarme y entrar al sanitario de señoras.
Al salir del sanitario compré tres emparedados y una botella de vino tinto para aminorar el frío. Sin que nadie se diera cuenta, dentro del sanitario saqué dos billetes del bulto que guardaba y los acomodé en mi bolsillo. Con eso, sentí cubierta mi necesidad. Al regresar al vagón retrocedí un metro, tome impulso y de un salto alcancé el estribo.
El tren prosiguió su marcha. Le di de comer a Cleopatra. Silvo estaba en la caseta. El viento aumentaba su fuerza, produciendo silbidos en ciertas partes de la plataforma. Entré en la caseta, Silvo dormía. Por puntos imperceptibles, el aire se metía formando un chiflón que cruzaba de lado a lado. Me envolví en el poncho y me acurruque en una esquina. El movimiento monótono, con su repetición a veces, disminuía en velocidad al pasar por curvas pronunciadas. Al entrar en los túneles una capa de hollín, impregnaba la lona haciendo que su trama resaltara. Me faltaba Luna.

Miraba la lona con tristeza, en mis ojos entraban las sombras de recuerdos.
Más tarde, Silvo me dio la segunda lección de abecedario. Me reclamó porque no recordaba lo que me había enseñado la primera vez. Lo miré muy serio y le dije: -No recuerdo, porque si recordara tendría en la memoria el daño que me han hecho y, eso, no lo recuerdo. Lo que no recuerdo no me molesta.
Silvo me contestó de mala manera: -Tan chiquito y haciendo filosofía. Aunque es verdad que tienes poderes misteriosos. Desde ese día se tornó menos impaciente con la lectura.
Por mi parte reaccioné y puse empeño en las lecciones, para un día, mostrarle a Luna que sabía leer. Mi mente de niño no sentía que había perdido a Luna.

¡Llegó el momento tan esperado! El tren se detuvo en la frontera, todos bajamos para pasar la revisión aduanal.
—¿Tienes papeles? Me preguntó Silvo.
—Sólo un periódico.
—Pasaporte, tonto.
—No, nada.
—Entonces, escóndete con Cleopatra y no salgas hasta que yo te diga.
Los aduaneros subieron al tren revisaron todo. Yo estaba con Cleopatra, ella enrollada y mi cuerpo en su centro; oía voces que hablaban en una lengua desconocida para mí, las pisadas y ruidos de cosas desplazadas se iban acercando al vagón. Alguien levantó la lona vio a la boa y volvió a dejar todo en su sitio.
Yo, en el interior de la jaula, le hablaba a Cleopatra cariñosamente, acariciándole la cabeza. Dos horas más tarde, el tren comenzó a rodar acompañado del ruido del vapor y un "clac" metálico, que provocaba la tracción inicial.
Salí de la casa de Cleopatra y me asomé, viendo al exterior.
—Justamente, te iba a buscar, - me dijo Silvo.
Todo era distinto en el exterior, las casas eran diferentes, los colores tenían una tonalidad viva. En ciertos balcones había ropa tendida, secándose con el viento ligero que soplaba. Algunas casas, tenían patios:
—Copian la arquitectura del sur - me explicó Silvo que había vivido en la parte cálida del país. Yo observaba a

Silvo, conmigo hablaba poco uno que otro día, tal vez, la nostalgia le apretaba la garganta, viendo las nubes grises y rizadas que pasaban. Así, uno de esos días me habló de tierras lejanas de cómo tenía que atravesar un mar grande, más inmenso que el horizonte que mis ojos alcanzaban.
A mí se me volvió costumbre que Silvo me contara sus viajes.
Después de cenar nos poníamos bajo la lona cerca de Cleopatra. En su casa no se sentía frío. Ahí, la voz de Silvo resonaba ronca y reflexiva, mientras yo lo miraba bajo la tenue luz de una linterna. Hablaba para sí mismo:
-Este país, tiene tres genios; Miguel Ángel, Leonardo y Rafael. El mayor de ellos, Leonardo, fue escultor, pintor, arquitecto, ingeniero, biólogo, músico, escritor, filósofo e inventor. Hay un poema, lo recuerdo bien, dedicado a una estatua de Miguel Ángel hecha de mármol; representa la noche.
Yo estaba tan atento a lo que Silvo decía que mi boca abierta dejó escapar una gota de saliva que con mi manga limpié. No entendía bien de qué hablaba,

no me atrevía a interrumpirlo mientras declamaba en una lengua extraña, supuse que italiano. Luego Silvo, puso su mano sobre mi cabeza, como un sacerdote de la palabra mirando hacia su interior. Y repitió en mi lengua: -Esta noche que tú ves dormir en tan dulce abandono, fue esculpida por un ángel. Está viva, porque duerme. Despiértala si dudas y te hablará.
Silvo tenía la cara extasiada y sin duda, sus ojos contemplaban la estatua invisible que el poema refería. Yo le tenía cogida la mano. Su brazo izquierdo se levantó y volviendo su cara hacia mí me preguntó: -¿Sabes lo que la estatua de Miguel Ángel, le contestó al poeta?

—Le habló de la noche, Silvo.
Silvo me miró como el maestro que reprueba al alumno.

—Escucha esta bella respuesta: -Me es grato dormir y, más todavía, ser de mármol. Mientras la desgracia y la vergüenza permanezcan, es una dicha para mí no ver y no sentir. No me despiertes ¡Ay de mí!, habla bajo.
La voz de Silvo se había tornado ligera, suave, como no queriendo despertar a la estatua de la noche.

—Silvo, ¿el poeta y Miguel Ángel trabajaron también en un circo?
Silvo quitó su mano de mi cabeza, puso su mirada triste sobre mi cara y me dijo: -Le diré al sol mañana que aleje de ti la ignorancia.

—¿Tú hablas con el sol, Silvo?

—La luz se hizo para estar con nosotros y llevarla donde hay oscuridad; por eso el sol ilumina el camino para que los dioses puedan ver.
No entendí bien lo que Silvo me decía, pero saqué la conclusión de que en la noche, algunos dioses se pusieron a trabajar. No veían, y algunas cosas les salieron fallas y desde ese momento surgió el mal.

—Leonardo de Vinci pintó la Mona Lisa. -Silvo sacó de su cartera vieja y arrugada una fotografía de la "Gioconda".

—Mira Valiente esta cara. Lo etéreo de la sonrisa.
Miré a Silvo, después la fotografía. Me acordé de Luna, su sonrisa con sombras en las comisuras y dos hoyuelos en las mejillas. Pensé: Éste tipo debe conocer a Luna, y le robó su sonrisa para hacer la pintura.

—Mañana el tren se detendrá cinco horas. Te llevaré de paseo, esta ciudad se llama Florencia, te enseñaré cosas hermosas.

Era temprano cuando Silvo y yo saltamos de la plataforma, no fuimos los únicos. Gente de los vagones pasaba por nuestro lado diciendo: -Quiero estirar las piernas, caminar por la ciudad.

—Ven, dame la mano no te pierdas me dijo Silvo.

¡Yo, perderme! Me hubiera atado a las agujetas de sus zapatos antes de extraviarme de nuevo.
Recuerdo que entramos a museos, salimos de museos, penetramos a iglesias, volvimos a salir; en las inmediaciones de éstas me llamó la atención ver a hombres con vestidos negros; nos cruzaban y yo volvía la cabeza hacia atrás, sin que mi asombro se quitara.
—Son curas, -me dijo Silvo al oído.
Arriba de los vestidos negros, los curas, tenían rostros tan diversos como nunca antes había visto. Había rostros redondos como pelotas, otros hinchados de grasa, bien comidos. Otros pálidos y delgados con largas narices estrechas, semejantes a hojas de cuchillo. Un pequeño grupo de tres curas con sus vestidos negros miraban a un tejado. Me había detenido atento a todo lo que pasaba a mí alrededor. Silvo me observaba y a su vez miraba lo que yo miraba.
Pasaron dos jóvenes altos y rubios, con granos en la cara.
—Son seminaristas. -me dijo Silvo.
Otros cuatro más con el cabello blanco, la piel caída de las caras se acumulaba en el cuello. Mi memoria evocó un pavo. Con la mano izquierda me toqué el mentón. Estaba impresionado.

Un cura jovial, venía de la esquina acompañado de una monja. Ella tenía rayas verticales sobre el labio superior, como los dientes de un peine. Le di un tirón a la mano de Silvo, el vio lo que yo miraba.
—Es por tanto rezar y por falta de hormonas. -Me explicó.
La monja, sobre la cabeza tenía alas como las que yo vi en la caridad pública, cuando el hambre me tiró en la calle. La cara de la monja reflejaba severidad y mal carácter, que aprendí a sentir con la mala mujer que acorralaba al papá de Luna. Un poco más atrás, otra monja gorda, a pasos cortos trataba de alcanzar a la primera; su cara era de expresión dura con aire ausente, como aquellas mujeres silenciosas que vivían detrás del vidrio de una tienda.
Esa otra debe ser un ángel con su cabello rubio casi escondido, con un cielo sin nubes puesto en los ojos. Una sombra dorada imitaba un bigote en el labio superior, me miró; ¿recordará ella un niño? Algo húmedo, una gota de neblina, rueda por su mejilla, y pasa.
Más vestidos negros vienen, gordos, la tez aceitosa, dos con nariz roja. Después de duras reflexiones, le dije a Silvo: -¿Sabes lo que los santos hacen?
—Hacen milagros. -Replicó Silvo, con una expresión de gravedad.
Miré a un limosnero. -No, fabrican sueños que compra la humanidad.

—No digas tonterías, Valiente.
Silvo me lleva a un muro, me dice: -Por aquí pasó Julio César.

Yo no recuerdo a Julio, no se si Silvo tiene lagunas, me le quedo mirando con los ojos suspendidos. Caminamos y caminamos para pasar por un puente viejo.
—Vecchio, -me dice-. - Esto es historia.
Yo miraba pasar mujeres de cabello negro y piel de leche, con ojos expresivos. Estaba cansado, me recargué en un muro, Silvo me dice: -¿Qué te parece?
—Me parece que tiene los hombros de mi madre. Era una estatua que Silvo contemplaba con aire de entendido.
—Tiene los pezones muy largos, yo creo que muchos bebés los succionaron. Le contesté. Recordaba a la mujer del hindú, con sus grandes senos y su bebé en brazos. -Estoy cansado de tanto trotar a tu lado. Le dije a Silvo-, de tantas piedras vistas, de estatuas calladas.
Luego, pasamos por calles tortuosas, muros tristes y gente pobre a juzgar por su vestimenta.
Llegamos al tren, la locomotora con su velo blanco. Partículas de carbón transportadas por el hollín, se adherían al azar sobre los obstáculos.
Cleopatra estaba contenta, desenrollada, se movía por su casa. Sintió nuestra presencia, ella pegaba su cabeza cerca de mí, parecía reprochar mi larga ausencia. Le di de comer cosas ligeras mientras mi mano la acariciaba. Me quedé oyendo los ruidos del atardecer.
Había retenido los olores de la ciudad, sus calles, sus avenidas, el murmullo de las aguas que pasaban por debajo del puente Vecchio. Perfumes diferentes a los de la ciudad donde me había perdido. Con su sabor a diesel, el chillido de sus sirenas, llamando a los obreros; su lluvia y su frío. Pronto en ella, el manto imperial de la nieve cubriría los pasos de los primeros transeúntes y, nuevos pasos con diferentes destinos volverían a ser cubiertos. La madrugada inmaculada olvidaría el día con las pisadas que por allí pasaron. Me pregunté si alguna vez, las estatuas se volverían negras y la noche de mármol. Si, acaso el poeta, podía transformar las cosas.
Al regresar había observado a la gente del circo que retornaba con paquetes, compras diversas. Conversaban animadamente de lo que habían visto.
—Silvo, cuando yo sea grande le compraré cosas bonitas a mi madre y una noche, cuando no haya hombres en su cuarto llegaré y, si está dormida las pondré a sus pies. Silvo me examinó de pies a cabeza, con una mirada de piedad.
—Niño cuando tú seas grande, tu madre ya habrá muerto.

—El poeta puede transformar las cosas Silvo, y si en su cama de sueño no despierta, yo le diré: -Madre, de países misteriosos te he traído la luz para que los dioses puedan verte y ellos algo bueno puedan hacer dándote un soplo de vida. ¿Verdad, Silvo?
—Silvo no contestó-.
Cuando Valiente estuvo sobre el estribo en la casa rodante del hindú, con un pie en el aire para presto, correr a recibir a luna, ella, en la casa rodante de su padre, suplicaba: -Quiero irme con Valiente. Él se va con el circo. Ayúdame papá.
La señora parada frente a la puerta tapando la salida, alegaba: -Tu padre y yo ya hemos hablado de ese asunto y, si nosotros no vamos tú tampoco te vas.
Luna miró a su padre, los ojos llenos de lágrimas.
—¡Agárrala!, -ordenó la mujer.

El padre se lanzó sobre Luna ella corrió a la puerta, la señora se interpuso impidiéndole el paso. Sujetada por la fuerza, la ataron a una silla, en su boca, un pañuelo que le impedía gritar.
Desde ahí vio cómo la casa rodante del hindú se alejaba, con Valiente colgado del estribo.
—Vámonos, -ordenó la señora-, - la gente puede regresar buscando al niño de los poderes y agredirnos creyendo que lo escondemos.
El padre de Luna tiró por la ventana un carrete grande de listón morado.
—Para que se entretengan con los restos como las bestias a la comida.
La casa rodante se fue despacio, huyendo con su infamia. En la región nadie más oyó hablar de esa casa rodante, ni de Luna.
Un trabajador, verificaba los ejes de las ruedas asegurándose; con martillazos bruscos, secos; si no se producían fisuras. El tren inició el viaje entre algunos aplausos de niños felices, y bien alimentados. Yo estaba callado, tenía a Cleopatra abrazada. Mi silencio era el de los perros callejeros, repasaba las emociones del día; cosas nunca antes vistas poblaron mi sueño.
Debí despertar y moverme, porque Cleopatra estaba desplazándose sin hacer ruido, hacia un rincón. La vi con la luz de la linterna que Silvo había dejado en la caseta. Algo en el rincón se agitaba apenas, cuando la boa en un solo movimiento de cuello; con las fauces abiertas engulló un ratón. ¿Cómo entró?
Cleopatra y yo nos volvimos a dormir.

Llegamos a nuestro destino, Venecia.

—Esta ciudad, está construida sobre islas de las lagunas del Adriático. Me explicó Silvo.

—Tiene noventa iglesias y la Plaza de San Marcos y su catedral, rivalizan por su hermosura, con lo mejor que tus ojos hayan visto. Te enseñaré el palacio ducal.

En los andenes la gente hormigueaba. En la vía paralela a la nuestra, un tren internacional vertía pasajeros. Estos pasaban maletas por las ventanas a los cargadores que, apresurados las recibían para aumentar sus propinas.

Se oía hablar italiano, inglés, francés; que predominaba con su tonada nasal.

—Ve a echar un ojo y me cuentas después. Yo debo cuidar las jaulas. Me dijo Silvo.

Corrí al final del andén, tuve que ponerme de espalda contra una columna, para no ser arrastrado por la corriente de viajeros.

Cambié de lugar, subí las escaleras que daban a la salida, ahí pude contemplar con ojos sorprendidos, el conjunto de personas. Todas tenían prisa, algunas corrían con maleta en mano y no pocas veces, daban un golpe con los extremos de ésta a sus vecinos que, también buscaban llegar a la salida. Me asombraba la prisa de toda la gente. Varias maletas se encontraban ordenadas sobre carros jalados por un cargador. Se destacó un conjunto de cuarenta o cincuenta personas, todas con pantalones cortos, de piernas velludas; cuyos pelos iban en todas direcciones, como las puntas de un alambre de púas.

Usaban pantalones de todos los colores algunos a rayas, otros con lunares. No pocos, presentaban la orilla deshilachada como de gente pobre. Nunca vi tantas vestimentas tan disparatadas. Surgió, en mi mente la imagen de los payasos, sólo que estos eran muchos. ¿En que circo trabajarían? Se llamaban a gritos de un extremo a otro. Sus risas repercutían en mis oídos atropelladamente.

Pasó esta muestra de desarmonía, dejándome un desequilibrio interior por la imagen de su exterior.

—Te vi desde el andén. Era la voz de Silvo.

—He visto personas extrañas. Comenté, aliviado de verlo.

—Vámonos Valiente, el tren va a maniobrar para estacionarse en otra vía.

El circo con su inmensa lona, estaba recibiendo al público. A mí me correspondía hacer un número con Cleopatra, sencillo, pero que los asistentes en las gradas disfrutaban del peligro. La emoción iba en ascenso, cuando me veían penetrar en la casa de la boa. La sorpresa se extendía cuando al girar de mi mano, la serpiente se enrollaba colocándome en su centro; la tensión de los espectadores alcanzaba su clímax. Se notaba en el silencio

expectante, seguido por murmullos. A mi rodar por el piso y hacer la reverencia, estallaban en aplausos.
Debido a mi delgado cuerpo y a la fragilidad de mi estructura, decidí que lo mejor para crecer y tener fuerzas sería una actividad que me ejercitara. Un día, después del espectáculo, me dirigí al jefe de los trapecistas. Era un señor nuevo que se había unido al circo a causa de la ausencia del padre de Luna.

—Señor, le llamé.

El hombre no me hizo caso le jalé la manga, él movió el brazo como quien aleja una mosca. Me acordé del hombre que le pegó a mi madre. Sentí miedo y no insistí. Desde ese día me puse medio escondido, a observar los entrenamientos que realizaban. Había comprado un cepillo de dientes, jabón y una toalla. Procuraba estar limpio. Cuando nadie me veía, con dos piedras hacía ejercicio. Disponía de un pequeño sueldo, pude comprar ropa para cambiarme. Me trataba con respeto. Pasado un año de ejercicio, decidí columpiarme en las argollas, según había visto hacerlo a los profesionales.

Una noche, terminada la función y una vez apagada las luces, alcé los brazos, en la penumbra, sin lograr alcanzar los aros; retrocedí, medí distancia con la mirada y corrí; salté, las argollas tocaron mis palmas cerré los dedos apretando con fuerza. No me solté, pero descubrí cuánto pesaba mi cuerpo; moví piernas y caderas para impulsarme. No me había dado cuenta, en la penumbra alguien me observaba.

Sentí un impulso contra mi cintura, me volvieron a empujar.

—Por hoy es suficiente, - me dijo una voz femenina.

Me solté logrando caer de pie.

Frente a mí se encontraba Irma, la hija del trapecista. Tendría unos quince años.

—Hace tiempo sé que haces pesas. Tú no sabes, pero nosotros los trapecistas te admiramos mucho por tu número con la boa.

—Se llama Cleopatra. Es mi amiga.

—Nos han dicho que tienes poderes con los animales. ¿Es verdad?

—Dicen yo no sé.

—¿Te gustan los trapecios?

—Quiero ser trapecista.

Irma, tenía puesto todavía su traje de trabajo. Era de dos piezas, unidas entre sí por dos cintas moradas. La parte de abajo era diminuta, atrás, un hilo se perdía entre las asentaderas. Yo sabía que era una moda nueva. Los pechos estaban cubiertos por un sostén, marcadamente escotado, que dejaba al descubierto la mitad de sus esferas. Ella hacía principalmente, el trabajo de malabarista; en la punta de una vara, hacía girar platos y también lanzaba al aire aros. Yo admiraba su destreza.

—¿Qué edad tienes?, - pregunté.
—Diecisiete años. ¿Y tú?
—¿Para cuántos te gusto?
—Me gusta tu cara seria, tus ojos, tu cabello ensortijado, todo como para diecisiete, -me miró coquetamente. - Aunque, tu cuerpo tiene que desarrollar músculos. Mis hermanos te pueden enseñar.
Al ver su desnudez cerca de mí, pasé saliva con dificultad. Ella percibió mi turbación.
—¿Ya has cenado?, - me preguntó.
—No, creo que comer antes de hacer ejercicio hace mal.
—Es verdad.
Recogió del suelo una bata roja y se la puso. Alzó los brazos y pude ver una sombra negra que anidaba en sus axilas.
—Me pongo la bata porque a mi papá no le gusta que ande con mi ropa de trabajo, dice que provoco a los hombres.
—Entonces, ¿te la quitaste para empujarme en el trapecio?
Irma me miró, con sus ojos color de noche. Abrió los labios y vi sus perlas alargadas, blancas sin defectos.
—¿Te gusto?, me preguntó.
—Sí, le respondí titubeante.
—¿Cómo te gusto?
—Tus cabellos negros, tu piel blanca, tus ojos donde todo se ahoga.
—¿Eres poeta?
—Sí, el poeta puede cambiar las cosas, como tu bata puede desaparecer tu cuerpo.
—Te invito a cenar, te presentaré a mi familia. ¿Tienes hambre?
—Mucha.
—Entonces, ven. Me tomó por el talle.
—¿Eres de Florencia? Le pregunté.
—Sí, ¿cómo lo adivinaste?
—En esa ciudad he visto mujeres bellas, como tú.
Fuimos a una casa rodante, toda blanca por fuera. La familia se aprestaba a cenar.
—Irma, te estamos esperando. -Dijo un hombre de mediana estatura que vestía una camisa abierta.

Lo miré, daba la impresión de haberse puesto un suéter debajo de la camisa. Eran vellos.

Irma y todos los miembros de su familia hablaban mi lengua con un acento de melodía. El hombre del suéter me tendió la mano y dijo: -Ragazzo, siéntate aquí.

Me colocó entre él y la mamá de Irma. Los hermanos hablaban entre ellos y me echaban una ojeada, como quien mira las hojas de un libro movidas rápidamente.

—Valiente, este es Paulo, sigue Carlo y en el extremo Luigi; mi mamá está a tu lado. Dijo Irma.

—Este pobre niño está flaco como un clavo, dijo la mamá de Irma. Mis ojos acompañaban el movimiento de las manos, de mano en mano circulaba un recipiente repleto de spaghetti con ragout; un olor de yerbas finas y laurel me envolvió. Luego de servir al padre, la mamá sirvió en mi plato una doble ración.

—Para que engordes y tengas fuerzas, -me explicó. Abundantes raciones de queso parmesano cubrían el spaghetti.

Me sentí cohibido, como perro callejero, mi carácter había sido formado por los malos tratos.

—Es muy serio, -susurró Irma-. - Lo he visto hacer pesas con dos piedras, lo he observado pero nunca lo he visto sonreír.

Mis ojos miraban la marmita de spaghetti; Irma sintió mi mensaje.

—Mamá dale más spaghetti a Valiente. Los que vinieron con el circo me han dicho que no tiene familia.

La mamá me preguntó: -¿Dove andare a letto?

Miré a Irma pidiendo auxilio.

—¿En dónde duermes?

—Con la boa. Respondí.

—¡Povereto!, -exclamó la mamá.

Yo desconfiaba de los adultos.

—Que duerma en el cuarto de los niños, dijo la madre.

—Ya no cabemos los tres, replicó Luigi.

Esa noche, tuve derecho a medio vaso de vino tinto, que bebí acompañando el spaghetti. Me sentía capaz de dormir a la intemperie, así de repleto estaba yo de pasta. Sin tener conciencia de ello, miraba y miraba a Irma. Sus grandes ojos tenían el brillo de las brasas. Estaba tan absorto con la imagen de Irma que no me di cuenta de que los niños se habían marchado, el padre pasó a otro cuarto y la mamá recogía los platos; Irma,

se levantó para ayudar a su madre. Me puse de pie observando las cosas que había en el comedor.
Algunos cuadros colgaban de los muros, dos estaban inclinados, los enderecé.

—Mira, mamá, Valiente es como yo, ha enderezado las pinturas, -advirtió Irma.

—E un bravo ragazzo, replicó la mamá.

—Es temprano mamá, ¿poso portare al ragazzo di passeggiata?

—Sí, bene ma non venire tardi

—Valiente puede dormir en mi cuarto, en la cama extra.

La mamá de Irma la miró, como diciendo: te estás propasando.

—Va bene mamma

Irma fue a su cuarto, salió de pantalón ajustado con un suéter y abrigo.

—Ciao mamma. Dijo al tiempo que le daba un beso.

Salimos, afuera hacía frío caminamos lentamente.

—¿No conoces la ciudad? Te enseñaré algunos barrios.

—¿Por qué le has dado un beso a la mamma? Le pregunté imitando su entonación italiana.

—Porque la quiero.

—¿Das un beso a todos los que quieres?

—No siempre. -¿Tu mamá nunca te dio un beso?, preguntó Irma.

—No, nunca. Yo soy, lo que Silvo me explicó, un hijo no deseado. ¿Comprendes Irma?

Irma tomó mi mano.

—Vamos a esa iglesia un momento.

Entramos, yo jamás había asistido a una misa. Expresé mi primera sensación.
-Los que viven aquí no tienen frío y hay poca luz.

—¿Para qué quieres más luz?

—Se necesita la luz del sol, para que los dioses puedan ver.

Irma caminó hacia el centro del pasillo, ahí se persignó haciendo una genuflexión.

—Haz lo mismo, me dijo.

—¿Por qué?

—Porque ahí está la Virgen, Jesucristo y Dios Padre.

Abrí grandes los ojos buscando a esas personas. Observé a Irma, aparentemente, no se había vuelto loca; dirigí mi atención a las personas que habían entrado antes que nosotros.

Las mujeres tenían algo sobre la cabeza, algunas estaban de pie y otras de rodillas. De repente, se pusieron a darse golpes en el pecho con la mano

cerrada; „Deben ser tuberculosas" pensé „Se pegan para atenuar la tos que en lugar de salir se les queda adentro". Miré a Irma, hacía lo mismo. La perplejidad me invadió y le dije al oído -¿Por qué no llaman a un médico?
—¡Shhhhh! ¡Cállate!
En los muros y en el techo había pintadas caras y cuerpos de personas, seguramente se habían muerto y las tenían de recuerdo. Igual que la imagen de la Mona Lisa que Silvo me mostró. El repicar de una campana me hizo volver la vista hacia adelante. En el altar, el cura con un vestido de reflejos dorados; balanceaba algo similar a la linterna del oficial del tren, de ahí, salía humo. Luego levantó algo y toda la gente inclinó la cabeza, como mirando sus zapatos. Le dije a Irma:
—Tal vez pasó una rata por sus pies.
Miré los míos. Examiné las caras de los demás; algunos tenían rostro de velorio. A mi izquierda, una mujer limpiaba su nariz, mientras una lágrima rebotaba sobre el dorso de su mano y explotaba. Coincidiendo con un globo que estalló en el exterior. Noté que el cura usaba también, listones morados y pensé: Esto debe ser algo parecido a lo que sucedió en la casa de Luna.
Vinieron a mi mente las imágenes de entonces, la gente que llegaba, los milagros que se sucedieron. Miré mis manos; recordé que las levanté hacia la gente, del mismo modo que el cura las levantaba ahora. Estaba confundido. El cura hablaba en una lengua desconocida para mí, y seguramente, también desconocida para los otros, a juzgar por sus rostros que expresaban vacio.

—Deja de mover la cabeza para todos lados, -me dijo Irma, al oído. Debió enfadarse conmigo, pues nunca más me invitó a escuchar misa. Una vez afuera con voz molesta y seca como esponja sin agua, se pasó la lengua sobre los labios, mientras me decía-: -Voy a casa, nos vemos mañana, para que entrenes con mis hermanos. Antes de terminar su frase, mis ojos vieron su espalda.
Era tarde esa noche cuando envuelto en mi poncho, bajo unas tablas perseguía al sueño y éste huía como zorra acosada. Mis sentimientos se entremezclaban, tenía la sensibilidad abollada por la brusquedad de Irma.
Para mí, fue la noche de las preguntas: ¿Por qué Irma mostró esa brusquedad, cuando antes fue afectuosa? ¿Por qué mi madre, era también contradictoria; afectuosa con los hombres que la visitaban e indiferente conmigo? ¿Por qué los cambios de ánimo en la madrastra de Luna que, primero me rechazó y, más tarde, me besaba? Entre vueltas y vueltas, desfilaban por mi pensamiento; la gente en la iglesia, el cura vestido de dorado y los rostros con sus expresiones

de persecución interior. ¿Tendrían algún poder los listones morados? ¿O serían mis manos, que hicieron milagros?
Recordé uno de los ejercicios de lectura que Silvo me había hecho leer y releer; un texto al pie de una fotografía que mostraba una luna llena, manchada de sombras que formaban figura. El texto decía: "Como la luna, la mente humana tiene un lado oscuro, en el cual están las raíces del misticismo".
Casi no dormí, envuelto en estos pensamientos. El día siguiente amaneció gris, nubarrones se desplazaban jalados por la mano del viento; cambiando su forma. Ahora, semejaban aborregados animales perseguidos por un perro.

Y era como si las imágenes de mi interior se reprodujeran en ellos. Permanecía en mí un girón de tristeza. Hice los ejercicios de levantamiento de pesas con los hermanos de Irma. Sentía un anticipado cansancio de cierto sinsabor.
Esa tarde en el circo la audiencia disminuyó. Entre el escaso público se notaban los estrados huecos, la poca gente como dispersos ramilletes. El comportamiento de Cleopatra fue errático, no quería obedecer; lo atribuía a cambios atmosféricos. Silvo, me había explicado que los iones positivos de la atmósfera, provocan reacciones agresivas en las personas y que los animales las resentían con más intensidad. Acerqué mis manos a la cabeza de Cleopatra, la acaricié y le hablé con dulzura, poco a poco comenzó a enrollarse. Lo hizo con mayor lentitud que la habitual.
Fueron días extraños, la comunidad estaba bajo el yugo de las envidias. Corrían intrigas, como corren las aguas de un río. Así me enteré que el payaso de traje blanco y rayas rojas; se veía a orillas del islote que formaban las casas rodantes, con el trapecista. El trapecista era ni más ni menos, el papá de Irma. Supe por otras bocas que el payaso no era "él", sino "ella"; una espléndida rubia venida de Escandinavia.
La gente hablaba sin notar mi presencia. Corrían chismes por aquí chismes por allá. Tuve la impresión de que ninguno de los hombres casados estaba satisfecho con su mujer y buscaba jugar con las otras que, también eran esposas. Por lo tanto deduje que ellas también se habían cansado de sus maridos.
A veces, durante las prácticas veía a Irma, ella no practicaba con sus hermanos. Intercambiábamos algunas palabras. Nada profundo, en otras ocasiones nuestros pasos se cruzaban y levantábamos la mano en gesto amigable, murmurando: -Hola, qué tal. Y cada uno seguía su camino.
El circo recorrió diversas ciudades del país, habían pasado dos años. Yo ya sabía leer y escribir y supongo que, andaría por los diez. Digo supongo,

pues la fecha de mi nacimiento era harto incierta. Los recuerdos que conservaba eran borrosos, y más me permitían especular que saber. Tenía vagos registros, comentarios de mi madre salpicados de amargura y alcohol, baratos, contradictorios siempre ya que pasaba de una borrachera a otra, olvidándolo todo en el transcurso. Sus versiones variaban, aumentaba las cosas o se plagaba de huecos lo que decía. Por lo general acababa dormida con el vaso en la mano que, al deslizarse se rompía en el suelo. Recuerdo que la cubría con una manta vieja llena de agujeros, los tapaba con hojas de periódicos, para evitar que pasara el frío. Yo me acostaba junto a su cuerpo para pasar la noche y contrarrestar la escarcha helada de las madrugadas. A eso se limitaban mis recuerdos sin certezas.

La función del circo terminó. Me puse el abrigo, sentí su peso igual al de mi tristeza. Me sentía errante, abandonado, sin destino. No estaba identificado con nada ni con nadie. Incluso, el recuerdo de Luna era una luz lejana.

Caminé hasta el embarcadero. Habíamos regresado con el circo a la primera ciudad de su recorrido. Llevaba las manos en los bolsillos de mi pantalón. Hacía frío, levanté los ojos al cielo, la estrella de la noche brillaba con un tenue halo a su alrededor. En el malecón, transeúntes y turistas.

—¿Qué haces aquí? Reconocí la voz de Irma.

—No se si paseo o me olvido. ¿Y tú? ¿Qué viento te trae?

Ella caminaba a mi costado.

—Supongo que estoy melancólica.

—Hace tiempo que no paseamos juntos. Dije, mirándola.

—Dos años, desde la primera vez.

Más tarde supe que, las mujeres son detallistas y expertas para recordar las fechas.

—¿Tienes dinero?, - preguntó.

—Un poco. Saqué la mano de mi bolsillo con dos billetes. ¿Por qué?

—¿Damos un paseo en góndola?

—No es suficiente dinero, -contesté.

—Yo traigo algo más.

Subimos a una góndola con toldo, caía una cortina a cada extremo de la cabina, podía cerrarse al gusto de los pasajeros. Una melodía napolitana acariciaba nuestros oídos. Irma cerró la cortina que daba al lado del gondolero, quien movía el remo para un lado y otro como un pez hace con su cola. Instintivamente Irma y yo nos tomamos de la mano.

—Te he extrañado, dijo ella.

—Te alejaste de mí y te vestiste con aire de princesa, creí que tenías novio.

—Nada serio, rompimos hace cuatro meses, -me dijo, mirando para otro lado.

—Tengo que confesarte algo, cuando te conocí te dije que tenía diecisiete años, ¿no es verdad?

—¿Cuántos tienes?

—Ahora cumplí diecisiete, entonces, tenía quince.

—¿Cuándo los cumpliste?

—Hoy, por eso creo que la melancolía me ha visitado. Mi padre se fue de la casa con el payaso. Mi madre, todas las noches reza a la Madonna para que regrese. Me siento sola, quisiera cariño. Sus ojos tenían la humedad de las lágrimas. Extraño a mi padre, ya no viene a dejarnos dinero, mis hermanos y yo sostenemos el hogar.

Se acomodó en el asiento, más cerca de mí. Su falda quedó levantada por encima de los muslos. Puse mi mano entre sus piernas, ella las separó ligeramente aceptando mi caricia. Le besé los labios. Con sus manos, me apretó suavemente.

—Soy virgen, -me dijo. Su voz tenía emocionantes vibraciones.

Con manos febriles le desabotoné el suéter, sus pechos saltaron por la abertura blancos sin lunar alguno. Los acaricié, y largamente succioné sus pezones erguidos. Su cuerpo se movía, pequeño y casi silenciosos gemidos fluían de sus labios entreabiertos.

Yo sabía lo que un hombre tiene que hacer a una mujer, el cuarto de mi madre fue un aula que visité todas las noches. Irma separó las piernas, mis dedos se perdieron en el rizado de sus vellos. Acaricié su mirilla verticalmente, después lateralmente. Su cuerpo se agitaba, su garganta emitía un sonido repetitivo, que se enlazaba. Tuvo dos "plenilunios". Sus ojos cerrados, su mano buscaba mi virilidad se estremeció al sentirme.

—Niños, hemos llegado de regreso. Era la voz del gondolero.

Precipitadamente, Irma abotonó su suéter ocultando sus pechos apaciguados. El chapoteo de las olas contra la barca se unió a la música; el gondolero no oyó el idioma que se hablaba en la cabina.

—¿No te hice daño, Irma?

—No. dijo la ragazza, suspirando. Me has enloquecido.

—¿Nunca antes te lo hicieron?

—Mi ex novio nada más me acarició los senos sobre la blusa, quiso acariciarme abajo pero apreté las piernas. Tus manos son distintas Valiente, tienen magnetismo. Todo tú tienes algo que subyuga. Tus ojos profundos, penetrantes.

—Se llama la mirilla lo que te acaricie.

—Yo sé que se llama clítoris, expresó Irma.
—Es una mirilla porque, dependiendo de quien esté abajo, la mujer deja entrar o cierra la puerta.
Nos fuimos caminando.
—Estoy transpirando, Irma llevó su mano a la nuca.
—Yo también.
La presión de nuestras manos se hizo más fuerte.
—No se que será de nuestras vidas, pero nunca olvidaré el aniversario que tuve, dijo Irma, besándome los labios.
—Te acompaño a tu casa, creo que así hacen los caballeros educados.

Ya tarde, en la noche, a cubetazos me lavé. La tristeza se fue me dormí con la sensación de ser hombre y supe que, algo del niño ya no volvería. Sentí la vida de otra manera. El tiempo pasó cumplí dieciséis, diecisiete, dieciocho o veinte años. Irma volvió con su novio.
Sucedió un día, sin que nadie supiera cómo. De dónde vino, habría que adivinarlo. La noticia corrió como relámpago en la noche. Una epidemia extraña asolaba al circo. Ni siquiera el veterinario pudo dar cuenta de ella. Los animales más fuertes se fueron primero. Comenzaron los elefantes, para no ser menos, siguieron los leones, dos tigres; el ejemplo cundía, Tití el mono consentido, amaneció con los muelles para arriba.
El pánico nos unió más estrechamente, nos mezcló, como el barro integrado al fondo del río. Todos en casa de todos. Se comentaba, se sugerían remedios, los maridos regresaron con sus esposas para conjurar el maleficio.
Dos noches más tarde, Cleopatra quería estar sola, yo la comprendí y me fui a dormir bajo las mismas tablas que sostenían su jaula. Oí unos pasos, un cuerpo se recargó contra la madera que me cubría. Reconocí la voz del payaso.
—Aquí está bien, ven. Otros pasos, la voz del padre de Irma.
—Nos pueden ver.
—Mira, aquí bajo estas tablas. Le contestó la escandinava.
Me fui a lo más profundo de mi hoyo, tratando que la pareja no me viera. La voz de mujer insistía: -Apriétate contra mí.
—Estamos muy incómodos vámonos a otro lugar, protestaba el hombre.
—Espérate, los sitios diferentes me excitan mucho.
—Nos pueden descubrir, -replicó el padre de Irma.
Yo sentía a unos centímetros de mí el calor de la mujer.
—¿Ya no te ha hecho preguntas tu hija?

—Irma está resentida y mi mujer reza todo el tiempo a la Madona.

—Más le valdría aprender hacerte el amor y tenerte satisfecho, que andar con rezos que no le van ha enseñar nada.

—Mi mujer no me comprende, me dice que esto y que lo otro no se hace porque está prohibido por la iglesia.

—Son tonterías, lo que es natural no es pecado porque es la obra de Dios. Una vez me dijo un amigo que la esposa fría es una amante apasionada con otro hombre. ¿Tú crees que sea cierto?

El padre de Irma tardó en contestar. El payaso se dobló y sentí los glúteos de la mujer desnudos contra mi vientre. No me atrevía a moverme.

—Hay ropa en este hoyo, dijo ella. Cambió de posición. -No me has dado tu opinión.

El hombre carraspeó. -Bueno, tú sabes, cuando estamos entre hombres, nos contamos nuestras experiencias. Algunos amigos me han dicho que, tienen de amante a una mujer casada fogosa, hambrienta de sexo y que la disfrutan mucho. Uno me explicó que siendo el amigo de la familia, se hizo amante de la esposa, el marido se quejaba de la frialdad de ésta; que con el amante era cariñosa y llena de pasión.

—¿Tu mujer tiene un amante?

—Es tan beata que semejante cosa nunca va a suceder, -dijo el padre de Irma.

—¿Por qué me prefieres a mí?

—Contigo hago cosas que son imposibles de realizar con la que está en mi casa.

—¿Y crees como marido, que lo que hacemos tú y yo es malo si lo ejecutas con tu esposa?

—Yo creo que la esposa está para cuidar a los hijos, si disfruta de los placeres variados del sexo puede desear a otro hombre, en toda mujer decente duerme una puta que no hay que despertar. -Sentenció el padre de Irma.

—¿Cuánto has ganado esta semana?, preguntó la escandinava.

—Te he traído el dinero para que lo deposites en el banco. -¡Ay!, -exclamó el hombre.

—¿Qué pasa? Preguntó el payaso.

—Me pegué con una piedra en el tobillo.

—El dolor produce placer. La mujer le mordió el lóbulo.

—Me haces daño.

—Así es más excitante.

—No, espérate, -exclamó él.

—Apuesto que, tarde o temprano tu hija tendrá un amante. Es muy atractiva.
—Creo que a ella le gusta el niño de los poderes, -afirmó el padre de Irma.
—¿Te refieres al niño de la boa?
—Si, Irma propuso que el chico durmiera en su cuarto.
—Tu hija ya está en edad de empezar en tener sus primeras experiencias con hombres. Hay que fijar la fecha de nuestro matrimonio, Michaelo.
—Tal vez lo pueda conseguir en otra nación.
La escandinava se quedó callada.
—¿Qué vamos a hacer sino consigues el divorcio?
—Nos podemos ir a otro país. -Que duro está el piso, dijo Michaelo.
—La solución ideal es que fueras viudo, -dijo la escandinava en voz baja.
El cuerpo del hombre se movió. -¿Sugieres un accidente?
—Yo solamente digo que si fueras viudo, todo sería más fácil, ya no habría problema con las leyes italianas, nos podríamos casar. Se hizo silencio. -Hay yerbas que dan muy buen resultado, -dijo la escandinava.
—Prefiero el accidente, -contestó Michaelo. -Me has embrujado, por ti soy capaz de cualquier cosa.
—Demuéstramelo, lo retó la mujer.
—Está la curva de los tres picos. ¿La conoces?
—No. Dijo ella.
—El precipicio es muy profundo. Tendría que organizar un viaje. Al pie de éste, las corrientes llevan todo mar adentro. Los cuerpos no vuelven.

Otra vez silencio.
—Yo te estaré esperando. Te amo Michaelo.
Los cuerpos se estaban moviendo, de vez en cuando yo recibía el golpe de un pie o un empujón de la anatomía de la escandinava. Los movimientos cesaron. Salió primero el papá de Irma, resoplaba como una locomotora vieja, sus movimientos eran torpes y lentos. Salió en cuatro patas para no pegarse en la cabeza. Lo siguió la escandinava, su media desnudez se mezclaba con la noche. Se alejaron a pasos furtivos.
Era obvio, según mi entendimiento, que tramaban la muerte de la madre de Irma. Temiendo que esa misma noche intentaran algo los seguí, lo mejor posible, con los obstáculos que se presentaban en el camino, a veces era un árbol, otras una casa rodante.

Se fueron a la casa de la escandinava. Permanecí observando, pues era posible que volvieran a salir. Pasaron dos horas sin que sucediese nada. Me fui.
Cerca de la casa de Irma me detuve, las luces estaban apagadas, no se oía ningún ruido proveniente del interior. Vi la puerta de entrada entreabierta, me acerqué y penetré, no había nadie, todo estaba en orden.
Salí. Me pareció extraño que a esas horas de la noche no estuvieran en casa. Pensé que algo había sucedido. Volví a mirar la casa de Irma, regresé sobre mis pasos, entré decidido a esperar que regresaran.
Me acosté a un lado de la cama y me quedé dormido. Fue un ruido imperceptible el que me despertó. Eran pasos que rozaban el suelo, alcancé a ver una silueta que se fue definiendo, reconocí al padre de Irma. Traía un hacha en la mano derecha, que descansó en su hombro. La mirada del hombre recorrió el dormitorio. Se detuvo sobre la cama, yo me aplasté contra la orilla.
Comprendí que el hombre iba hacer una carnicería. Algo le hizo cambiar sus propósitos de provocar un accidente. Michaelo se sentó en la cama, sus piernas colgaban del lado opuesto al que yo me encontraba.
Se inclinó a la izquierda, después a la derecha, igual que hace una barca en el oleaje. Parecía buscar un punto de equilibrio. Yo lo miraba, anticipándome a una agresión. Él, salió a pasos lentos y titubeantes. ¿Le habría dado la escandinava una de la yerbas que mencionó? Tal vez estaba drogado.
Seguí a Michaelo, temiendo que sus impulsos desembocaran contra otras personas, por la frustración de no haber encontrado a la madre de Irma. Recordé las palabras de Silvo, cuando me habló del poder femenino: "Puede más la entrepierna de una mujer que el puño de un hombre".
El padre de Irma tropezó, de su boca brotaron imprecaciones. El hacha quedó debajo de su cuerpo, intentó levantarse y rodó sobre su costado derecho. Acorté la distancia. Alcancé a ver su mano izquierda que sangraba. Por intención o por olvido dejó abandonada el hacha. Alcanzó a llegar a la casa de la escandinava, golpeó violentamente la puerta con la mano herida, lo que provocó que salpicaran gotas de sangre contra su propia cara y en la puerta.

—Vete, no te abriré, gritó la escandinava.

Michaelo, trastabillando volvió sobre sus pasos, buscaba el hacha.

No recordó donde la había dejado, entonces a cuatro patas, se puso a buscarla entre las piedras y las hierbas crecidas. No era el lugar. El hombre estaba jadeante, se echó de espaldas mirando un cielo de estrellas esparcidas como semillas lanzadas al azar.

Yo fui a buscar el hacha y la tiré en una alcantarilla abierta. ¿Qué había en el fondo abismal de aquel hombre?, -me pregunté, mientras miraba el fondo de la alcantarilla y después a Michaelo.
Como el mar, incansable en su flujo, el hombre repite sus errores y continúa su violencia. Me alejé de la tierra sobre la que Michaelo apoyaba su espalda. Y corrí, como corre el viento.
Cleopatra enfermó al sexto día, no la dejaba sola. Las funciones se suspendieron, bruscamente a la manera de un telón que cierra una obra de teatro. La desolación nos invadía, había gente llorando.
Recordé el tiempo en el que el líquido de la madrastra de Luna no espesaba, cuando ella batía y nada lograba. Miré mis manos, las pasé suavemente sobre Cleopatra, desde la cola hasta la cabeza, deteniéndome sobre su nuca. Lo repetí sin descanso cada quince minutos me detenía y volvía a comenzar.
Cleopatra estaba rígida, parecía sin vida, alargada contra el piso, como una duela que no protesta. No quería comer, ni siquiera un ratón vivo que le acerqué
Al cuarto día, comenzó a moverse fue mejorando paulatinamente Cleopatra se alivió, de nuevo comenzaron los rumores entre la gente del circo. Me traían gatos, canarios y un viejo jardinero, llegó con un lagarto que se rehusaba a comer. En la confusión, muchos patrones desaparecieron, evitando la paga de los sueldos. De un día para otro, faltaban una, dos o tres casas rodantes.
Entre ellas, desapareció la casa del hindú que abandonó a Cleopatra, me debía un mes de sueldo. Apunté en el libro de las reglas el hecho, para no olvidar poner una cláusula previsora en futuros contratos.
En los años de mi vida, que transcurrieron en el circo, Silvo me había enseñado todo; incluso idiomas. Era un hombre que naturalmente, poseía la sabiduría. No aquella que proviene del cúmulo de datos, que algunos, esparcen en las conversaciones. Su sabiduría era a menudo, tejida en el silencio de la reflexión; que deja al alma, espacio y libertad.
"Calla si no puedes decir cosas mejores que el silencio", -me decía cuando mi curiosidad llenaba mis oídos de torpezas.
Muchas veces al llegar la noche, me instruía en el arte de la meditación. Me enseñaba a relajar el cuerpo, a vaciar mi mente y a percibir la energía que emanaba de mi interior. Educó mi pensamiento en la reflexión, me hacía analizar los acontecimientos de la jornada y mi propio comportamiento. Silvo fue mitad amigo y mitad padre para mí. Siempre dispuesto a ayudarme a entender, jamás una autoridad impositiva. Pasaba largos períodos sin hablar, como un estanque con murmullo, hasta que el agua lo llena. Y ya repleto su interior, Silvo, bajo la lona de Cleopatra comenzaba a hablarnos con palabras que parecían gotas de manantial que refresca y da sosiego.

Todo esto, me daba capacidad para entender y escuchar.

Un día, al poco tiempo de morir Cleopatra, vino a la jaula Rosita, una mujer en la frontera de los cincuenta años, de piel tersa color ciruela.

—Siento mucho la pérdida de tu boa. Me dijo.

—Ya era vieja, tenía derecho a descansar. Le contesté recordando la tarde que entre mis caricias se quedó dormida.

—¿Sabes? Tengo problemas sentimentales, -exclamó.

—Yo no se de esas cosas. -Si quieres, te llevo con Silvo, es mi amigo y puede ayudarte.

—Soy una mujer de fe. Por favor, antes pon tus manos milagrosas sobre mi cabeza. Al momento se puso de rodillas y yo, coloqué mis manos encima de su cabeza. Yo estaba de pie podía ver su escote. De su cuello colgaba una cadena con varios dijes. Una cruz, una estrella de David, también una diminuta mano de marfil y otros. Fuimos con Silvo. Al llegar donde se encontraba nos detuvimos. Estaba ocupado enrollando cordeles. Respetamos su quehacer, él nos miró y siguió con su trabajo.

Examiné a Rosita. En ese momento tenía la cara colgada y los ojos furtivos. Me vino a la memoria una conversación que escuche entre mujeres. Una le decía a la otra: -Cuando estoy deprimida, se me cuelgan los senos, si estoy contenta se me levantan. Debía de ser como una columna del barómetro pensé, si hace frío baja, si hace calor sube. Hay personas a quienes el frío entristece y el sol alegra.

En Rosita, la depresión estaba en su mente y afectaba sus pechos. Quise verificarlo, pero se había cerrado el grueso abrigo. Regresamos a la casa, su expresión cambió en cuanto notó que Silvo nos seguía.

—Rosita tiene un problema, Silvo. ¿Puedes ayudarla?

—Siéntate aquí, -dijo Silvo y señaló una caja, él se sentó sobre los rollos de cordel que traía cargando.

—¿Qué es lo que pasa? Miró directo a los ojos de la mujer.

Gruesas lágrimas rodaron sobre las mejillas de la mujer.

—¿Sabes? Tengo un hombre, se llama Pedro nos amamos mucho y tiene todo el dinero. Es generoso, me provee de todo, incluso me ha regalado un automóvil. Pero, tiene un carácter violento y grita por cualquier cosa.

—Sí yo he visto cuando lo abrazas a horcajadas, él apenas puede sostenerte de pie, ¿no te da vergüenza exhibirte de esa manera delante de la gente?

—Es que, todavía soy joven, puedo dar amor, pasión, además a él le place mi temperamento.

—¿No te basta con el divorcio que tuviste? ¿Otra vez quieres caer en una equivocación? Se aman, se dejan, él de nuevo te busca, pero ¿sabe que tienes otro amante?, desde que volvieron a separarse, hasta los gatos del circo saben tu historia. Quizá, eso es lo que lo torna violento.
—No sé que hacer, Pedro me da seguridad económica, estabilidad. Dros, por su parte es tan culto, tan refinado, tan dulce en sus maneras. Yo sólo tuve la escuela de la vida; empecé a trabajar a los quince años. Él me lleva el pensamiento de la mano; me explica la historia, el arte, la poesía. Me abre el universo del saber. Me subyuga su inteligencia, su sensibilidad. Me da paz Pedro en cambio, el otro día vino a casa y después de pelearme lloramos los dos. No puedo dejarlo, es como un niño. Creo que el conflicto, me está volviendo loca. Dime Silvo, ¿con cuál de los dos me quedo?
Mi amigo escuchaba atentamente mirando a la mujer.
Rosita prosiguió, - Pedro me necesita, yo comprendo que está celoso. En cambio Dros, es autónomo, emocionalmente se basta a sí mismo. Es bohemio, juega al dominó, al ajedrez. Nada lo ata. ¿Cuál de los dos me conviene?
Yo miré a Rosita después, mis ojos se volvieron al rostro de mi amigo.
—Rosa, Rosa con ese nombre y no comprendes tu propio corazón.
La voz de Silvo era tranquila, clara denotaba toda la comprensión que tenía de la vida. Sin dejo de juicio, fluía pausada y libre.
—No encontrarás un hombre que te satisfaga plenamente. Observa a la naturaleza, toda flor necesita los minerales que la nutren, y también al sol que la hace florecer. Sin embargo ninguna rechaza a un elemento para aceptar al otro. Guíate, entonces, por tu naturaleza y hónrala sin sentir culpa. No necesitas renunciar a ninguno de los dos.
—Pero, ellos ¿lo aceptarán?
—¿Acaso se pregunta la rosa, sobre quien debe derramar su aroma? Aquel que lo desee, sabrá acercarse y disfrutarlo. Eso es algo que no debe preocuparte. Confía en tu naturaleza y vívela sin atormentarte.
Rosita se levantó, aplastó uno de sus senos contra el tórax de Silvo y le plantó y beso en la mejilla, lanzándole su brazo alrededor del cuello. Se alejó, moviendo con gracia la cadera y sin mirar atrás. Me recordó el vaivén de las flores del campo cuando las mueve el viento.
Al día siguiente, Silvo partió a su lejana tierra natal. Lo miré alejarse, con la certeza de no volver a verlo. Nos dimos la mano, como dos soldados, cada uno sabiendo su camino. Cuando en el futuro me surgieron dudas, siempre me refería a su actuar y saber; eligiendo aquella actitud y gesto que Silvo hubiera tenido. Su sabiduría plantó los cimientos de mi seguridad.

Hacia el atardecer de ese día yo también, emprendí nuevo camino. Soplaba el viento, era otoño, las hojas habían caído de los árboles y recordé que no tardarían en llegar las primeras nevadas a cubrir las colinas; las ciudades que dejé para acompañar al circo a Italia. Quería regresar, desandar los pasos que me habían traído hasta aquí. Quería buscar a mi madre y, no se porque, ayudarla.
Vino a mi memoria aquella idea de Luna: "Comprar cosas y venderlas en las calles, para sobrevivir".
Yo ya era un hombre, había crecido, tenía mucha más fuerza y confianza en el futuro. Quise, antes de partir, despedirme de Irma. La encontré en la casa rodante, sus padres no estaban. La puerta entreabierta me invitó a pasar. Entré, di unos pasos, la vi: toda ella desnuda en la cama, entrelazada con el payaso"; la mujer rubia escandinava. Me fui sin hacer ruido.

Tomé el tren de regreso a mi país de origen. El poncho hecho por Luna, en mi maleta. Compré un suéter grueso, un chaquetón y una gorra de cuero forrada con lana. Me había previsto para el viaje. Ya conocía el frío de esa región.
Me acomodé en mi asiento, mi equipaje era leve. El tren inició su marcha y con él en mi mente, el recuerdo de mis circunstancias. Veía cuán diferente era mi condición, cuanto aprendí de Silvo en todos los aspectos. Me había enseñado todo, hasta modales; sin haber sido nunca autoritario, sin un solo regaño, sin castigos. Definitivamente fue mi guía. Pensé en el frío que encontraría en mi ciudad natal, ahora, tenía yo botas cortas en las cuales la humedad no entraría. Pensé en Cleopatra, en su lento morirse de vejez y en la persistencia de las caricias con que la despedí.
También pensé en Irma en su blanca desnudez. No me sorprendió su conducta, la consideraba como algo natural formaba parte de la vida. Evoqué el cuarto de mi madre. A la amiga que solía visitarla los domingos y escenificaba actos lesbianos.
Era alta delgada. Usaba un sombrero masculino que realzaba su elegancia; llamaba la atención cuando caminaba por la calle, hombres y mujeres la admiraban. Su silueta destacaba como un dibujo de trazo fino. Siempre llevaba un paraguas de diámetro pequeño, esbelto en su empuñadura de marfil. Ella quería a mi madre. Dejó de venir cuando mi madre comenzó a recibir hombres y a beber más de la cuenta. No lo recuerdo bien, hay lagunas en mi memoria. Ahora la escena de Irma la traía a mi mente.

Comparado con aquel niño sin duda había yo madurado. Pisaba el suelo con firmeza, la mirada directa a los ojos de quien me observaba, una sonrisa de desdén en la comisura de mis labios. Me comportaba como un hombre sin miedo.
Pasé al vagón comedor, me instalé como un caballero poniendo mi abrigo y mi gorra en la percha. Sobre la derecha del vagón había una hilera de mesas para dos personas. Tomé asiento en una el camarero muy pulcro con chaqueta blanca; me dio una carta. Se dirigió a mí en italiano y yo acordándome del spaghetti con ragout, comido en casa de Irma. Pedí lo mismo, con abundante queso parmesano y un vaso grande de vino tinto.
No habiendo comido postre en ninguna circunstancia, pedí un mil hojas y terminé mi vino.
Me sentí atendido como un príncipe. Pude comprarme un billete de primera y, el lujo me sorprendía en todo momento. Entré al cuarto de baño me cepillé los dientes, lavé mi cara y de un frasco tomé „Eau de cologne" y friccioné mi cara.
Entré al compartimiento, la cama estaba en el respaldo del asiento, sábanas blancas, inmaculadas me invitaban a descansar. Cerré las cortinas colgué mi abrigo y la gorra y me recosté. Me gusta esta clase de vida, pensé. Agradecí a mis manos ese magnetismo con el cual pude ganar dinero y, a mi poca noción de lujo, ya que en realidad nunca tuve en qué gastar.
Me dormí pensando en mi madre, ¿por qué quería ayudarla? Puse mi mano derecha sobre la mejilla que su bofetada había inflamado.
Al día siguiente, la luz adormecida por un cielo opalino. Nueva ceremonia en el cuarto de baño. El comedor con calefacción, me sorprendió. Para mí era una nueva sensación. Una pareja de ancianos, ocupaba la mesa de la primera fila. Yo me fui al otro extremo, hasta el fondo con la vista en el sentido en que marchaba el tren teniendo frente a mí el conjunto de mesas.
Pedí huevos revueltos, pan, mermelada y café. Fue el desayuno que más disfruté en mi vida.
Llegaron personas de buen vestir y finas maneras. Un caballero se sentó en el asiento que estaba frente al mío, y compartimos la mesa.
Cuando el señor se sentó, me levanté y me presenté sin adelantar la mano, tal como debe hacerse.
—Mi nombre es, no pude decir Valiente, algo me indicó que no era lo correcto. Corregí: -Mi nombre es Charles Dupont. Recordé una luz lejana tal vez mi madre me había llamado así. No lo se, en todo caso Silvo lo había inventado para mí cuando tramitó los documentos que necesitaba para viajar

con el circo. Sólo sé que me aferré a ese nombre y volví a repetir: - Mi nombre es Charles Dupont.
El hombre se sorprendió de mi formalidad y, siguiéndome el juego se puso de pie, me tendió la mano y dijo, sin mirarme a los ojos: -El mío es Holbein, como el pintor.
Me senté después que el señor Holbein lo hiciera. Él tuvo una sonrisa. Sin intercambiar palabra, desayunamos. Noté que el me estudiaba, discretamente.
Estábamos tomando el café cuando me preguntó:
—¿Tienes familia?
—No, señor Holbein. Hablábamos en italiano y me pareció que el tenía un acento que yo no podía situar.
—Tienes acento alemán, -me dijo.
—Sí señor mi madre era alemana y mi padre suizo, ya fallecido.
Silvo, que tenía muchas cuerdas en su arco, me había conseguido un pasaporte suizo, perfectamente en regla.
Lo saque de mi bolsillo y se lo tendí al señor Holbein. Este lo examinó hoja por hoja. Me lo devolvió.
—Así que no tienes familia, -ahora me miraba de frente-.
—¿De que vives?
Le conté la historia del circo y que regresaba a Alemania.
—¿Te gustaría ganar dos mil francos suizos al mes? Me contuve para no saltar. En esa época, era mucho dinero. Lo miré pensando que era una broma.
—¿Qué podría yo hacer para merecer esa suma? -Pregunté poniendo cara de indiferencia.
Sacó de su cartera mil francos suizos que me tendió, no los tomé. Los volvió a guardar y se fue sin decir nada.
Me fui a mi vagón los ojos llenos de la imagen de los mil francos suizos. Tal vez, trabajaba en un circo y quería que yo me metiera en un nido de serpientes.

El itinerario del tren era Venecia-Milán-Como-Varese-Bellinzona. Ésta última ciudad se encuentra en territorio suizo.
Al mediodía, volví a encontrar al señor Holbein, cada uno en los mismos asientos. Después de un saludo igual de formal por mi parte, pedimos la comida. Cuando vio que escogí vino tinto, el señor Holbein exclamó: -Yo te invito a beber el mejor vino italiano.

—Gracias señor. -Brindamos, yo levanté mi vaso sin chocar el suyo mis ojos clavados en los suyos, en el más puro estilo alemán. El miró por la ventana. En el postre, le pregunté-: -Señor Holbein, ¿qué trabajo debo efectuar a cambio de los dos mil francos?
—Escucha, el hombre bajó el tono de la voz. - Acércate.
Me incliné por encima de la mesa, las orejas al acecho como la de los perros, creo que se movieron.
—Soy agente de la Interpol, estoy en misión. Hay tres narcotraficantes que me siguen; debo entregar un paquete pequeño con la información, a mi jefe en territorio suizo. Exactamente en Bellinzona. Si los traficantes me matan, la información se pierde. Quiero que me ayudes. Te doy el paquete, está escondido en algún lugar del tren. Estos trenes internacionales pasan la frontera.
—¿En los mismos vagones?, -le pregunté.
—Sí los mismos. Una vez en territorio suizo, sacas el paquete de su escondite y lo entregas a otro agente de la Interpol, él te dará los otros mil francos y, misión cumplida.

Mientras esto sucede yo, bajo en Varese. Me van a seguir a mí; si no me matan antes. Mientras me siguen, tú pasas la frontera en el mismo tren, los aduaneros revisarán tu equipaje, pero el paquete está en otro lugar ¿comprendes?
—Sí señor, le voy a ayudar.
Rápidamente, guardé el billete de mil francos que el hombre de nuevo me tendía.
—¿Sabes lo que es la Interpol?
—Sí, señor.
—Somos agentes internacionales.
Yo sabía que la Interpol, solo era una oficina que clasificaba información y comunicaba ésta, a diferentes países, según el caso. ¿Por qué el señor Holbein fue inexacto? Los dos mil francos, pesaron más que mi reflexión.
—Nos vemos aquí a las 19 horas. Te enseñaré dónde está guardado el paquete. Yo asentí, el señor Holbein se levantó primero. Esperé diez minutos y me fui a mi compartimiento.
Miraba desfilar el paisaje con su ritmo monótono. Mi equipaje lo constituía una maleta mediana. Guardaba el poncho de Luna como reliquia preciada. Me preguntaba si todavía viviría. ¿Qué habría sido de ella? Conservaba su recuerdo en lo más profundo de mis sentimientos. Durante el tiempo que

trabajé en el circo, había ahorrado casi todo lo que el hindú me pagaba, con la idea secreta de buscar a Luna.
Faltando un minuto para las 19 horas, estaba yo llegando al comedor. Holbein se encontraba a mi espalda, lo sentí y me di vuelta.

—Ven. Me dijo. Pasamos varios vagones; nos encontrábamos ahora en segunda clase. Proseguimos hasta llegar a tercera, ahí Holbein, abrió la puerta del toilette. Entramos. Cierra la puerta, -me dijo-. El lugar era pequeño. Miré el techo, éste estaba constituido por pequeños cuadros de madera, con una estructura que los sostenía; no parecía un doble techo.

—Uno de estos cuadros se levanta. Deslizas el paquete, de manera que si alguien alza el cuadro de madera, no se vea.
Holbein sacó un paquete con forma de libro que, inmediatamente ocultó en el hueco.

—Ya no comeremos juntos. En Bellinzona, vas al puesto de policía una hora después que el tren haya llegado. Afuera de la oficina de policía, habrá un hombre con un periódico bajo el brazo izquierdo. Le dices que vas de parte de Holbein. Él te dará mil francos y tú le entregas el paquete.

—¿Podemos hacer esto todos los días? Le pregunté.

—Todos los días no, pero una vez al mes sí. Al hombre a quien le entregues el paquete le dejas tu teléfono.

—No tengo teléfono.

—En ese caso, te mandaremos un mensaje a la ,,"poste restante" de la ciudad de Hamburgo, con las instrucciones.
Nos separamos, no volví a ver a Holbein ni en los vagones, ni en el comedor.
Palpaba a veces, el billete de mil francos en el fondo de mi bolsillo, para confirmar que era real. Pensé en todas las posibilidades: en droga, en dinero, en oro, en polvo de oro; que en esa época era la única manera en que la ley suiza permitía la compra-venta; en diamantes, en espionaje. No sabía lo que contenía el bulto, consideraba que el señor Holbein me había mentido.
Sin tropiezos, pasé la frontera previa revisión de mi equipaje. Noté suspicaces a los aduaneros suizos con los trabajadores extranjeros. Mi maleta no fue revisada en Bellinzona. Observaba si no era seguido, puse en una bolsa de mercado el paquete; fácilmente podría yo deshacerme de ésta soltándola en cualquier parte.
Comprobando que no me siguieran, ya más tranquilo me dirigí a las cajas de seguridad que había en la estación. Y en el número cincuenta y siete guardé el paquete; escondí la llave detrás del tanque de agua del último cubículo del

sanitario de hombres. Y caminé al kiosco donde vendían tabaco. Compré un libro de igual tamaño que el paquete, y lo puse en la bolsa de mercado.
Cené temprano como se acostumbra en Suiza. Eran las 18:30 horas. La oficina de policía no estaba lejos de la estación. Me dirigí a ella caminando. Pasé por la misma acera. Él "contacto" no había llegado. Seguí de frente para no atraer la atención.
Entré en una cafetería, se encontraba llena. Mientras esperaba una mesa observé el lugar de mi cita. Después de media hora el hombre a quien tenía que entregar el paquete, no se había presentado. Pagué, dejé una propina y salí del lugar.
Volví a pasar frente a la oficina de policía. Me quedé cinco minutos esperando. Pensando que el hombre del periódico pudo haber tenido un contratiempo. Nadie se presentó.
Regresé a las cajas de seguridad de la estación. Recuperé la llave atrás del recipiente de agua del sanitario y recogí el paquete, deambulé entre las tiendas de la estación, para darme cuenta si era yo objeto de alguna vigilancia.
Me fui al hotel de precio razonable. Desde la ventana de mi habitación, veía el horizonte, donde las nubes se entrelazaban al ocaso.
Tomé el paquete, sopesándolo; decidí verificar su contenido. Despegué las cintas con mi navaja, lo hice con cuidado, no quería dejar huellas en la envoltura.
El paquete estaba bien protegido, con un plástico a prueba de humedad. Dentro, dos placas metálicas presentaban finos dibujos. ¡Eran planchas para imprimir dólares falsos! Esto, podía indicar que, Holbein, no era de la Interpol, sino un traficante. ¿Por qué su contacto no se presentó a la cita? Supuse que Holbein había sido detenido, puesto que el fallido contacto cerca del puesto de policía confirmaba que no había tenido tiempo de transmitir la hora de la cita.
Desconociendo la situación real, fui a un banco dónde alquilé una caja de seguridad. Dentro de ella, puse el libro, previamente envuelto.
Desde el hotel, envié otro libro a Hamburgo y las placas, las mandé a mi nombre, a la lista de correos de Ginebra. Al empleado que expidió el libro a Hamburgo, le di una propina de tal magnitud que, se acordaría de mí sin titubear. Si alguien había logrado vigilarme, se iría siguiendo el paquete; al Banco o a Hamburgo, pero no a Ginebra. De todas maneras, volví a salir del hotel con la bolsa de mercado en la mano. Pasé por diversas calles; tomé café en diferentes cafeterías, sin que en ningún momento, percibiera alguna vigilancia. Regresé tarde al hotel.

El día amaneció con el cielo cubierto. Una ligera llovizna hacía relucir el pavimento. Me llamaba la atención la limpieza de la ciudad. Regresé al hotel para desayunar.
Mientras saboreaba los croissants con un poco de mermelada, me preguntaba ¿qué ganaría yo conservando las placas para fabricar dólares? Era demasiado riesgoso poseerlas y también lo era, intentar deshacerme de ellas.
Por otro lado, nadie aparentemente sabía de mi existencia. Si habían matado a Holbein, las placas dormirían para siempre en un lugar cualquiera. Esto era posible, pero no tenía la certeza de lo que le había sucedido a Holbein.
Decidí que debía continuar con mis planes originales y desentenderme, por el momento de las placas. Mi siguiente paso fue viajar a Alemania para buscar a mi madre. Me dirigía a la estación del ferrocarril para comprar mi billete. Estaba formado cuando escuche por el altoparlante:

—Monsier Charles Dupont, téléphone. La voz era mormada. Me indicaron una cabina. ¿Quién podía llamarme?

—Alo.

—¿El señor Charles Dupont?

—El mismo.

—Sabemos su nombre y en que hotel se hospeda. Hemos detenido a Holbein, nos ha dicho que usted tiene el paquete. Nos lo entrega y no hay problema. ¿Comprende?

—Sí comprendo.

—Cuándo salga de la cabina, diríjase a la mesa que está bajo la ventana, hay un señor fumando pipa, él tratará el asunto con usted. Colgaron el auricular.

No salí inmediatamente pensé, "Les jeux son fait, rien ne va plus" (Los juegos están hechos, no hay mas apuestas.) Sereno, me dirigí a la mesa donde, efectivamente se encontraba un hombre fumando pipa.
Tenía el cabello blanco, la tez bronceada por el sol alpino, su aspecto general tenía un aire suizo. Debía ser un individuo calmado, ya que el trabajo de preparar la pipa demanda cierta paciencia.
Mi trato con los animales de cuatro patas me había entrenado al peligro y, los maltratos de los animales de dos patas, me habían endurecido, más allá de los años que tenía. Encontré el riesgo estimulante.
Llegué a la mesa sin decir agua va, movía la silla frente al suizo y, le dije:
-Tengo las placas son dos, una la mandé a Dresden, la ciudad alemana, antigua capital de Sajonia, a orillas del Elba. Tiene industria química, textil

y alimenticia; por si no lo sabía usted. Puedo ser su guía de turismo, claro dependiendo de cuánto me pague.
El hombre me miró; no movió una pestaña. Me pregunté si él también como yo, tuvo tratos con animales.
—¿La otra? me preguntó.
—La puse en una caja de seguridad en el banco de Bellinzona.
—Sabemos todos sus datos personales, cometió usted un error al mostrarle su pasaporte suizo al señor Holbein.
Un punto para ellos, que mi inexperiencia les regaló.
—Un vaso de vino, -le dije al camarero que se acercara-.
—Ah, también l"adition (la cuenta) de mi desayuno. Le indiqué con la mano la mesa que había ocupado, antes de la llamada telefónica.
—Eso, yo lo pago, -dijo el suizo.
—Su cortesía es un buen presagio, -le contesté al hombre.
Mis ojos no se habían apartado de los que tenía enfrente, cuyo aspecto y color deslavado, me recordaba a los de un pez. Los miraba como el domador a un tigre, sin soltarle la vista.
—¿Nos da la llave?, -tendió su mano.
—La puse atrás del recipiente del primer sanitario de este restaurante.
El suizo levantó su mano, un hombre que estaba en la mesa contigua se acercó.
—¿Herr Rhode?
El hombre se alejó.
A los pocos minutos, el individuo regresó; tendió la mano a Herr Rhode.
—Es inútil que vayan al banco, -les dije-. -Los suizos verifican las firmas.
Herr Rhode, imperceptiblemente, ladeó el párpado derecho. Una contracción nerviosa, pensé, una décima de punto para mí. Me adelanté a la palabra que estaba en los labios de Herr Rhode.
—Si me matan nunca recuperarán las placas.
—Usted es sólo un limpiador de excremento de animales en los circos. Nosotros, somos profesionales.
—¿Para limpiar excremento?, - le pregunté.
—No juegue con las palabras. Somos profesionales, le dio usted una propina inusitada al empleado del hotel. Es un truco muy viejo, desde el tiempo en que los ingleses intentaron dar propinas al personal del servicio; evidentemente, eso indica que usted no mandó las placas a Hamburg. -Dijo "Hamburg" con la pronunciación alemana-. -Seamos correctos. -Nos da las placas y le entregamos veinte mil francos suizos no falsificados.

—Antes, quiero hablar con el señor Holbein, -contesté.

—El señor Holbein es arqueólogo, y en estos momentos se encuentra examinando piedras milenarias en el fondo de un río. -Alguien grande, muy grande, está surgiendo en el horizonte de mi país, -dijo Herr Rhode. -Me gusta su estilo y como dicen los franceses; Voux n"avez pas frois aux yeux (No tiene usted miedo), agregó el hombre. Luego, guardó silencio mientras sorbía su café-. -Nunca he visto a alguien que pida vino con su desayuno, -agregó Herr Rhode.

—Tengo costumbres inusuales, he caminado con serpientes, una gota pulverizada del veneno de cierto reptil a sus ojos, lo deja ciego en minutos. No es amenaza, es información turística.

—¿Cuántos idiomas habla?, -me preguntó.

—Alemán, italiano, francés e inglés, como lo hablan los canadienses.

—¿Aprendió todo eso en el circo?

—Ja mein Herr. (Sí, mi señor).

—Sé que está sin trabajo. Entre a mi servicio y, yo le puedo garantizar uhm, siete mil francos suizos al mes, los gastos aparte. Necesito una persona en territorio... -Herr Rhode no terminó su frase-. -Claro que antes hay que arreglar lo de las placas.

—Su oferta es buena. Por un lado una amenaza velada, por el otro un contrato de trabajo. Recordé a Luna cuando negoció el contrato con el hindú. -Se oye bien pero, me gustaría saber para quien voy a trabajar.

—Primero las placas, replicó Herr Rhode.

—Soy un lobo solitario y me gusta la libertad de la estepa.

—Los lobos esteparios suelen morirse jóvenes, por falta de comida, -respondió Herr Rhode.

—¿Para qué quieren las placas? No tiene usted aspecto de falsificador. Corremos el riesgo los dos de ir a la cárcel. Usted por imprimirlos y yo por entregar las placas.

—Dejémonos de regateos. Las placas o su vida.

—¿Qué garantía tengo que después de dárselas, usted me de el trabajo de siete mil francos suizos al mes? La profesión de espía está muy mal pagada.

—Y ¿quién le ha dicho que se trata de espionaje?

—¿Entonces?

—Me gusta usted para manejar la trata de blancas de Europa al Medio Oriente.

—Le entrego las placas en la ciudad de Dresden y, ustedes me dan cuarenta mil francos.

—¿Oyó o entendió mal? Desde un principio dije veinte mil, -exclamó Herr Rhode. Sus mejillas se adornaron de un tinte rojo. Es lo que yo quería, que el hombre perdiera algo de su control. Touché, pensé.

—Cuarenta mil francos y no me da el empleo de la trata de blancas, palabra de alemán, -le dije a Herr Rhode, mis ojos clavados en los suyos. El hombre levantó el índice derecho, cuya primera falange faltaba.

—Le vuelvo a repetir, somos "colosalmente" profesionales, -dijo, colosalmente con una „k" gutural-. -Usted mandó un paquete a Genf (Ginebra en alemán). Me acordé cuando una serpiente cascabel me saltó al cuello. -Eso, también es un truco. Creo que usted tiene las placas en su cuarto de hotel, prosiguió el suizo-. El hombre se levantó. Inmediatamente su ayudante se colocó a un paso de mí-. -El caballero lo va a acompañar a todas partes. Dicho esto Herr Rhode, pasó un aro de esposas a mi muñeca el otro extremo estaba alrededor de la muñeca del "caballero". Un abrigo sobre las esposas disimulaba nuestra unión.

—El caballero es más fuerte que usted, sus manos son las más hábiles trituradoras del mundo. Con solo apretarle las sienes, su cráneo se va a romper como una cáscara de nuez. El "caballero", tenía mi misma estatura, pero era el doble de ancho. Miré sus manos, era creíble la afirmación de Rhode.

—Herr Rhode, estaré en Dresden en cinco días, lo espero en el museo de pintura de la ciudad.

—¿A qué hora?

—Las once de la mañana. Si el museo estuviese cerrado, estaré en la entrada de éste.

—Estarán, -corrigió Herr Rhode mirando a mi acompañante.

—Lo invito a subir a mi cuarto. Le dije al "pez", que tenía los ojos iguales a los de su patrón-. Hay que hacer las maletas.

—¿Nos vamos a...?

—A Ginebra, a recoger el paquete. Está en esa ciudad.

Llegamos a Ginebra, avanzada la noche. Soplaba la Bise (viento helado que viene del norte). Debía estar molesta con algún dios de la mitología, pues su soplo era particularmente violento y gélido.
Nos alojamos en un hotel ubicado en la Rue Mont Blanc. "Ojos de pez" exigió que tomáramos un cuarto en el último piso del hotel. Siendo eso una garantía de que yo no saltaría desde el sanitario hasta la calle.
El correo central de Ginebra se encuentra, precisamente en esa calle. Ya los árboles ostentaban las bombillas que coincidían con la fiesta de navidad y

que permanecerían hasta el mes de enero. Los focos se balanceaban, mientras "Ojos de pez" y yo mirábamos sorprendidos el correo central.

A extremos de éste, dos escalinatas daban acceso a las ventanillas que se alineaban en un corredor ancho, cuya calefacción hacía tolerable la permanencia en el lugar.

La parte del centro tenía escaleras que daban a la calle y, éstas daban acceso al mismo pasillo de las ventanillas que, estaba dividido por una sección de teléfonos internacionales. A la derecha, encontramos la "Poste restante" (lista de correos).

Caminamos hasta allí y recogí el paquete esposado de una mano por "Ojos de pez". Salimos a mitad de la calle, un poco hacia la derecha había un kiosco de castañas; lanzaba un humo oloroso con sabor a calor. Miré hacia el lago, un velo nupcial de bruma pintaba la superficie. Ahí, crestas blanquecinas sobresalían de rizos teñidos de sombras.

Volví a mirar el edificio del correo con sus estatuas en la parte alta.
—Hace frío, me dijo,,"Ojos de pez". Su mirada se dirigía hacia el bolsillo interior de mi chaquetón, donde había guardado el paquete.

Presentí que el fin se acercaba. Mi vida valdría un remoquete entre sus manos trituradoras. El forzudo fumaba como un arrepentido del infierno; dos cajetillas diarias de un tabaco que olía a aserrín de madera barata. Entramos a la habitación, cuando, encendió el tercer cigarrillo de la caja, entonces le dije: -Debo hacer una visita al sanitario. Estábamos en el último piso del hotel no podía lanzarme a la acera por la ventana y, este tercer cigarrillo era mi esperanza. Me liberó las esposas.

Al regresar a la suite el hombre fuerte yacía tendido a todo lo largo sobre la alfombra. Tenía palpitaciones violentas que emitían un hip-hip de su garganta. Sus ojos vidriosos me miraban ya sin verme. La mañana anterior, había tenido la precaución de ponerle a su segunda caja de cigarrillos, un líquido venenoso de serpiente coralillo.

Llamé a la recepción del hotel: -Un médico por favor mi amigo se siente mal. Lo acompañé en la ambulancia.

El tren pasó la frontera entre Suiza y Alemania, sin que el pasaje cambiara. Se percibían mezclados, voces y acentos diferentes. Dresden es una voz eslava. Esta ciudad es considerada por sus obras de arte la Florencia de Alemania. Sus colecciones científicas y artísticas fueron iniciadas en el año de 1693, por Federico Augusto.

¿Por qué había escogido Dresden para entregar las placas y no Ginebra que, hubiera sido más rápido? ¿Intuición? ¿Poderes parapsíquicos? No puedo dar una respuesta. Faltaban dos horas para llegar a Dresden, leía información sobre la ciudad: el 25 de marzo de 1701, una parte del palacio del elector de Dresden, la llamada Georgenban, fue destruida por el fuego. Después, las obras artísticas fueron distribuidas en diversos museos. Augusto, recuperó la corona a consecuencia de la derrota de Carlos XII, en Poltava en 1709. Fue un gran admirador de la corte de Luis XIV en Versalles y, lo fascinaba la mezcla de arte y naturaleza de Venecia. De este modo, al ascender al trono se esforzó en crear un conjunto que comprendiese todas las artes.
Había una ventisca de nieve cuando llegamos a Dresden, crucé las solapas de mi abrigo. Tomé un taxi para que me llevara a un hotel de estilo antiguo. En las orillas de la ciudad encontré uno disponible. Cuatro escalones daban acceso a la planta baja.
Era tarde, la recepción estaba atendida por una mujer rubia, desabrida y mal humorada, de aproximadamente treinta años. No me pidió que me registrara. Más tarde me enteré que era un hotel de paso.

Tenía hambre, llevaba conmigo las placas. Después de una ducha bajé a la recepción, ataviado con un traje nuevo que compré en Ginebra.
—¿Tiene restaurante el hotel?
Pregunté a la recepcionista.
La rubia me miró, con el mentón me señaló la puerta. -Enfrente hay un restaurante.
Salí, miré para un lado y otro, enfrente había una puerta metálica pintada, con un botón de timbre en el centro. Toqué y esperé, por fin la puerta se entreabrió. Un hombre rubio se asomó. -¿Qué desea?, -preguntó.
—¿Aquí puedo comer algo?
—Pase, -me dijo.
Al interior del restaurante, parejas de hombres que bailaban al son de un gran gramófono. Había caído en un lugar de homosexuales.
—Te puedo dar un emparedado, me dijo el rubio pasando sus dedos entre los cabellos con un pequeño salto de la cabeza hacia atrás.
—Está bien. Y un vaso de vino, -le dije.
No presté atención a las parejas, para no provocarlos con mi mirada. El patrón del lugar me trajo el emparedado.
—Tienes una mirada de serpiente; tan fija, me siento hipnotizado. Guapo. Se fue meneando la trastienda. Comí, pagué y salí sin mirar hacia atrás. Estaba en los arrabales de la Ciudad.

Al día siguiente, llegué al museo, no estaba abierto al público. Esperé cinco minutos. Transeúntes esparcidos, formaban puntos negros sobre la superficie de la nieve lejana.
A las once en punto, llegó Herr Rhode acompañado de cuatro hombres.
—Este no fue el trato, -le dije, señalando a los individuos. -En la guerra y en el amor todo se vale, -me contestó.
—Enséñame los cuarenta mil francos.
—Rhode sacó un paquete de su bolsillo.
—¡Cuéntalos!
Todo estaba en orden.
—Las placas.
—No pensarás que soy tan ingenuo para traerlas conmigo. Que se vayan tus hermanos y te digo donde recogerlas. Te acompañaré.
—¿En dónde está tu "protektor"?
—En el hospital; comió demasiado caviar, una indigestión, tú sabes.
—Espérenme en el hotel. -Ordenó Herr Rhode a sus cuatro acompañantes-.
—Las placas.
Metí mi mano al bolsillo. Rhode hizo lo mismo. En un movimiento relámpago le impedí sacar la mano, al mismo tiempo que yo giraba y mi antebrazo le aprisionaba la garganta. Le saqué el arma del bolsillo.
—No era necesario, aquí están las placas. Le dije.
Yo tuve los cuarenta mil francos suizos y Herr Rhode las placas. Él se fue por su lado y yo por el mío.
Desde el hotel pedí un taxi.
—Lléveme a un hotel al centro de la ciudad. Le ordené al chofer.
Me condujo a un hotel cinco estrellas. Un baño de príncipe y una comida de rey me pusieron en forma. Había abandonado a la soledad mi maleta mi chaquetón mis pantalones viejos y los zapatos desgastados.
El traje comprado en Ginebra era de franela inglesa, mis zapatos negros, mi camisa a rayas finas, una corbata azul con rayas blancas; el sombrero negro, el abrigo con cuello de terciopelo. Me vi al espejo. Ni mi madre, ni compañero alguno del circo, me hubiese reconocido.
—A la exposición de pinturas "Semperball", -le dije al taxista. Uno de los recorridos de turistas estaba por comenzar, me mezclé a los visitantes. Predominaban extranjeros y un grupo de estudiantes que circulaba aparte. Estaba contemplando el cuadro "Venus Dormida" de Giorgione.
—Perdón señor, ¿de qué año es esta pintura?

—De 1477 ó 1478, -contesté, sin mover la cabeza.
—Algunos la atribuyen a Tiziano. Murmuró a mi espalda, la misma voz.

Volví la cara, una joven de quizá veinte años, estaba absorta en la pintura un sombrero de astracán inclinado hacia la derecha, rompía la expresión seria de la cara. Su abrigo era de la misma piel que el sombrero. Su tez blanca, parecía más pálida por las luces del museo. Me llegaba al hombro.
—Usted, no es de aquí. ¿Verdad?
Ahora era yo el que estaba concentrado en la pintura y no escuche el comentario de la elegante señorita. Me aparté un poco hacia la izquierda, y sin querer choqué con ella.
—Disculpe, señorita. -Me aparté y de repente vi su belleza. Me quedé boquiabierto.
¿Iba usted a decir algo?, -preguntó.
—Yo me presento, mi nombre es Charles Dupont.
—El mío es Sonia Braun.
Ninguno de los dos tendió su mano.
—¿Puedo, puedo...?
—¿Qué es lo que puede señor Dupont? -Pronunció Dupont con una entonación alemana-. -¿Es usted extranjero?
—Sí y no, ¿puedo invitarla a comer? Perdone mi atrevimiento. ¿Es usted casada? ¿Tiene novio? Miré a la joven mujer. -Debí preguntarle eso primero.
—Ninguna de las dos cosas, -respondió sonriendo.
Terminamos el recorrido por el museo.
—¿Conoce usted Dresden, señorita?
—Vivo en Dresden.
—Yo no conozco esta ciudad, escoja usted el restaurante por favor.
—Yo soy traductora, y usted ¿a que se dedica?
—Yo al trabajo más difícil.
—Tengo mi automóvil estacionado cerca de aquí, -dijo Sonia.
El Mercedes rodaba silenciosamente, su línea deportiva y el tablero de instrumentos, eran objeto de mi admiración. Del tablero mi mirada se deslizó a las piernas de Sonia; no se veía mucho, su falda cubría las rodillas.
—Me sorprende que no tenga novio, es usted muy hermosa.
—Te voy a enseñar Dresden. Perdón le hablé de tú.
—Está bien.
Yo miraba desfilar las calles de repente le dije: -Sonia, te conozco, siempre has estado en mí. Mira, allí está un bar, tomemos una copa, mientras llega la hora de cenar.

Sonia orilló el Mercedes. Al interior del bar nos dieron una mesa redonda, pequeña, de tal manera que frente a frente, nuestras rodillas se tocaban. Nos hicimos un poco de lado y entonces, fueron los principios de los muslos los que estaban en contacto.

—¿Quién eres? Me preguntó Sonia.

—Me turbas, mi corazón late más fuerte, - le expresé.

—Yo, también tengo la sensación de conocerte, -dijo Sonia.

Pedimos dos vasos de vino.

—Me desconciertas, en ciertos detalles se ve tu buena educación, pero tus manos son rudas, -murmuró la joven.

—Sin tu abrigo de astracán tu cuerpo es flexible, esbelto, un cuerpo que ha hecho ejercicio.

Nos miramos, ninguno de los dos apartó la mirada.

—Tienes ojos grandes color avellana, el cabello castaño, ensortijado; y tu mirada tiene una sombra de tristeza, como quien viste de medio luto, -dijo Sonia tomándome las manos. Los dos nos estremecimos.

—Tú, tienes cara de mujer y sonrisa de niña, tus cabellos recuerdan el trigo dorado y tus ojos son grises con chispeantes rayas azules, -le dije.

Parecía que nuestras miradas penetraban hasta lo más profundo de nuestro ser.

—¿Puedes, Sonia, decirme por qué la "Venus dormida" de Giorgione, con la mano, se tapa la alcancía?

Sonia retiró sus manos.

—¿Tú, has trabajado en un circo?, -me preguntó asombrada. Mi asombro no era menor.

—Sí, ¿tú...?

—¡Sí!

Las lágrimas sobre las mejillas de Sonia, me recordaron las perlas de rocío sobre los pétalos de las rosas en los amaneceres húmedos.

—Siento tus manos sobre mis senos, no me tocas pero, tu magnetismo me alcanza.

—Me viste desnudo, cuando niño salía de un tonel de agua fría.

—¡Eres, Valiente!, -dijo Sonia con respiración acelerada.

—Luna... murmuré, acercando mis labios a los suyos, entreabiertos. Sentí su lengua tibia, vibrante, como la mía. Nuestras piernas se entrelazaron.

—¡Vámonos, Luna!

—En mi apartamento, tengo comida y una botella de vino, murmuró-. -Tus poderes parapsíquicos te trajeron a Dresden.

—Pasemos a mi hotel a recoger mi maleta.

El apartamento de Luna era amplio, decorado con gusto refinado. La abracé a medio pasillo, de nuevo en el salón.

—He reprimido mi condición de hombre tantos años, a veces, estallaba esa condición, en las noches solitarias.

La ayudé a poner la mesa.

—Mira, Valiente. Sonia levantaba una botella de vino tinto. -Es el que nos gustaba para quitarnos el frío. ¿Te acuerdas?

Un olor a horneado se deslizaba hasta el salón.

—¿Por qué te llamas Sonia?

—Luna era mi nombre en el circo. ¿Por qué te llamas Charles Dupont?

—¿Recuerdas haber visto una tenue luz en la neblina lejana?

—Sí.

—De esa misma manera, un recuerdo lejano de mi madre habitaba en mí, ella me dijo, un día en que estaba ebria: tu nombre es Charles Dupont. Nunca tuve papeles de nacimiento. ¿Te acuerdas de Silvo?, el que cuidaba a las serpientes.

—Sí, lo recuerdo muy bien.

—Él me consiguió un pasaporte suizo, auténtico con el nombre de Charles Dupont.

—Charles tus ojos tienen una lejanía triste, como es la tundra desolada.

—¿Estuviste en la estepa rusa?

Silencio.

—Mi abuela nació en Siberia, en esa región a la estepa se le llama tundra, es un suelo glacial cubierto de musgo y líquenes. Tengo fotografías de ese lugar.

—El niño sin amor, maltratado, puede tener en la mirada algo de la tundra o tal vez, los ojos fijos hipnóticos de Cleopatra; me comunicaron la forma de mirar.

—Ven, Charles. Sonia me tomó de la mano. -Este es el dormitorio.

Dos butacas, una mesa redonda, una cama individual sencilla. Era todo el mobiliario.

—Mira, -Sonia tendió su mano, a un lado de la mesa señaló un cartel del circo. Representaba a Cleopatra, en el centro de la boa, un niño.

—Ése, eres tú.

Los bordes del cartel estaban amarillos, el reflejo del vidrio daba la sensación de vida.

—¡Lo mandaste enmarcar!

A la derecha del cartel, la fotografía de la madre de Sonia en un marco más pequeño, la abuela materna, toda cubierta de un largo abrigo y con un gorro que tapaba las orejas.
Regresamos al comedor.
La calefacción era agradable. Sonia pareció adivinar mi pensamiento.
—Está en los muros. La calefacción, añadió.
Sonia tenía puesto un vestido azul, con una gargantilla y pendientes haciendo juego.
—¡Brindemos! Puse las copas a medio llenar.
—¿Por qué a la mitad?, -preguntó.
—Porque, de esa manera podré verter más veces, vino en los vasos y tener su sabor dormitando en el paladar. Me da así, la sensación de multiplicar el placer. Me había levantado para servir y para brindar, tal como había visto que se hacía en acontecimientos importantes. Yo seguía con el vaso levantado y con la copa en la mano.
—Charles, ¿qué te pasa? ¿Dónde te has ido, Charles? -Tienes los pies en la alfombra y los ojos en las estrellas.
—¿Estrellas?, -pregunté; luego le dije-: -¡Salud!
—¿Te sientes bien, Charles?
—Sí ¿por qué?
Sonia se levantó y me rodeó con sus brazos, sentí su beso en la oreja. Volvió a su lugar.
—Tengo un sentimiento que jamás había tenido; siento un nudo en...la garganta, tengo el sentimiento de un hogar.
—¿Comemos?, -preguntó suavemente Sonia, mientras me sonreía.
—No...no, puedo.
Sonia se incorporó.
—Ven.
—Me llevó al dormitorio, me senté en la cama. Sonia me desvistió poco a poco. La tomé en mis brazos lentamente, le quité un zapato...le robé un beso, le desabotoné el vestido; su cuerpo se estremecía.
—¿No sientes pena porque te desnudé Sonia?
—Pregúntale a las flores silvestres, a orillas del camino pedregoso si tienen pena por abrir sus pétalos a la luz del sol, pregúntale al polen si siente vergüenza por viajar con el viento para ir hacia la flor.
—¿Tienes experiencia, Sonia?
—Sólo la que tú me diste cuando éramos niños, pero tengo la madurez de lo que mis ojos han visto; de lo que la gente me ha querido hacer. Mi

piel ha sido tocada por la mano de mil vientos y he quedado como la nieve alta sin huella de pisadas.

—¿A cuántas flores les has dado el calor de tu sol, Charles?

—He caminado por valles y dormido en montes, sin hallar flor alguna.

Sonia se enderezó.

—¿Eres virgen, Charles?

—Sí.

—Yo...yo también.

—Le besé el cuerpo como el viento besa las flores, sin lastimarlas. Escondí mis labios en los rincones secretos de su cuerpo. Se estremecía, su vientre ondulaba...mi mano en sus pezones, mientras, la otra la amaba. Tuvo un plenilunio prolongado...

Subí, besando su cuerpo, ella tenía los ojos vidriosos y un sonido en los labios. Sus manos acariciando mi espalda.

El cirio de jade penetró en el templo cuyas puertas abrió, despacio. Un fulgor breve pasó por sus pupilas dilatadas; me detuve, orando en el templo. Su mirilla sintió, al mismo tiempo las oraciones. Los siete velos del firmamento se rasgaron. Aparecieron estrellas, el plenilunio resplandecía. La sábana tenía rosas carmesí.

Al alba, en la ducha tibia, lavé a Sonia. Ella, de rodillas me miraba.

—Sólo tenía tu recuerdo de niño, saliendo del tonel de agua fría.

Ella besó el jade y le dio forma, como el viento levanta la vela.

—Sonia, ¿Recuerdas cuando el circo se fue?

—Sí, fue terrible.

—Yo regresé, desde la estación del ferrocarril, corriendo; como perseguido por perros. En el lugar de tu casa rodante, sólo había desolación y un listón morado enrollado, yacía entre polvo y agua.

—Charles, yo vi cuando la casa del hindú se iba, tú estabas en el estribo con un pie al aire.

—Quería saltar a tu encuentro, Luna.

—Yo estaba atada por el pecho al respaldo de una silla, con los muslos sujetos al asiento, los tobillos inmovilizados. Mi padre y mi madrastra me ataron, pusieron un trapo en mi boca para que no gritara. -Sonia apretó los labios-. Mi padre echó a andar la casa rodante y nos fuimos. Yo no podía ganarme la vida, tuve que quedarme. Pasaron dos años; un día la señora le dijo a mi padre: Luna ya puede ganar dinero, el viejo Ramón la quiere; ya he negociado el precio. Hemos quedado en dos mil dólares, míralos aquí están. Y le lanzó un puñado de billetes que mi padre, recogió prestamente. El me vendió, Charles, lo aceptó y dijo: está bien. Me llevaron a una casa vieja rodeada de barda y arbustos. Un hombre abrió la puerta. -¿Traen a la niña?

Su voz era insegura como la de los viejos, tenía un bastón en la mano izquierda. Mi madrastra me empujó, el hombre viejo me cogió la mano y cerró la puerta. Enseguida me preguntó: ¿Has comido? Le respondí que no, él me dio de comer. Me puso un postre cerca del primer plato y su mano sobre mi rodilla. Luego me dijo: si eres buena conmigo, tendrás comida tres veces al día.

Yo sabía lo que quería; su mano subió por mi muslo, trató de separarme las piernas. Le tiré los platos a la cara y salí corriendo.

—¿Te acuerdas Valiente, del dinero que me dejaste? ¿El dinero de tus "milagros"?

—Sí, te dejé la mitad.

—Ese dinero lo tenía escondido. Después de salir de la casa del viejo estuve vagando. Esperé la noche, entre sombras y miedo regresé a la casa rodante, me deslicé y recogí el dinero, alejándome a hurtadillas. -Estaba cerca de la ciudad, tan sólo traía la ropa puesta. Fui ofreciendo mis servicios. Tocaba en las residencias de la gente más rica; yo sabía que a esas personas no les gusta el trabajo del hogar. Tuve suerte y en la tercera me contrataron. Pude comer, comprarme ropa...y, te guardé dentro de mí, como sólo una niña puede conservar una emoción.

Sonia había abierto la llave de sus recuerdos.

—Permanecí con la misma familia dos años. Traté de sobrellevar las cosas hasta que un día la patrona salió de viaje; entonces el patrón, en la noche entró a mi pequeño cuarto; mi cuarto era incómodo, estaba abajo del tejado y era frío. Así que el patrón me dijo: Ven a mi cuarto... tiene calefacción. Mientras él me esperaba en su cuarto hice mi maleta y salí.

No quise interrumpir aquel venero de palabras.

—Seguí de sirvienta, mi tiempo de permanencia fluctuaba entre dos meses y dos años. Todo dependía del tiempo que tardaban ya sea los hijos o los maridos en proponerme tener relaciones sexuales. Cuando cambiaba los platos de la mesa, una mano masculina me tocaba las asentaderas o los muslos. Otras veces, me arrinconaban en un pasillo tratando de abrirme la blusa. De empleo en empleo, ahorré dinero. Un día alquilé un cuarto y me puse a estudiar idiomas. Ahora soy traductora.

Rápidamente me había puesto en antecedentes.

—Quiero cambiar el apellido Braun por el de mi abuela.

—¿Cómo se llamaba tu abuela?

—Raskin.

—¿Con K?
—Sí.

Sonia puso su cabeza sobre mi hombro y se quedó dormida. Yo, con la mente errante de nómada, andaba cogiendo estrellas con la mano. Tapé a Sonia, sentía su calor en la piel. Nunca había tenido una relación sexual; una plenitud de bienestar físico me poseía. Destapé a Sonia y contemplé la sublime belleza de su cuerpo; sus senos medianos, sus pezones rosados con sus discretas aureolas sus vellos castaño claro que mal disimulaban su alcancía, donde asomaba pequeña, la mirilla.
La cubrí, envolviendo nuestros cuerpos. Una media luz se esparcía por el cuarto.

Sonia se movió, descubrió el cuerpo de Charles, su mirada paseó por él como la brisa que acaricia; algo de curiosidad de niña había quedado en ella. El cuerpo de Charles, era fuerte y delgado; sus músculos se marcaban bajo la piel como gruesa cuerda marina. En su pecho, unos cuantos pelos jugaban a esconderse; del ombligo, una sombra clara bajaba y se extendía; algunos de los vellos eran rubios, otros negros, algunos pelirrojos. Sonia sabía, por sus lecturas, que cuanto más profundo es el sueño del hombre, mayormente, el mástil se erguía, en desafiante masculinidad. Extendió su cuerpo contra él y, lo cubrió con la manta.
Sintió su calor y comenzó a vibrar al sentir contra ella su virilidad. Tanto tiempo lo llevé en mí pensó; tantos años lo amé. No creía su felicidad, empezó a llorar despacio, como los ríos que descienden al mar; sin sollozos, sólo su mano que desviaba las lágrimas para no mojar la piel de Charles. Se embriagó con el aroma de su cuerpo. Se detuvo en sus pestañas largas, que daban sombra más allá de los párpados cerrados, formando sus ojeras. Se durmió sin saberlo, igual que el río no cesa su flujo al llegar a la planicie.
Mientras el café se calentaba, cogidos de la mano Sonia y yo, mirábamos caer la nieve a través de la ventana.
—Ha subido la temperatura, me dijo Sonia. -Mañana es lunes, tengo traducciones que terminar, prosiguió. Trajo de la cocina el desayuno.

Mi mujer..., usaba yo la misma palabra que le decía cuando niño. Le mostré el poncho que ella me hizo para protegerme del frío, lo sostenía delante de mí.
—¿Qué es?, -preguntó Sonia. Enseguida, llevó su mano a los labios-. ¡El abrigo que te hice! Lo conservaste...

Nos enlazamos, sentía sus senos bajo la bata transparente, nos habíamos bañado secándonos uno al otro.
—¿Cuánto tiempo te tomará terminar todas las traducciones?
—Toda la semana.
—Quiero buscar a mi madre en Hamburgo, le dije. Tal vez me tome un mes, no se donde está; recuerdo lejanamente, que una pastelería se encontraba en la planta baja, tenía un escaparate a la calle, se entraba por el zaguán del edificio. ¿Quieres acompañarme?
—Debo terminar las traducciones.
—Si tienes ese compromiso está bien; debes cumplirlo. Con suerte, en cuatro días estoy de regreso; miré el apartamento con nostalgia, ya lo añoraba sin haberlo dejado. Mi mirar se detenía en los muros, en los objetos, respiraba su olor para llevarlo conmigo.
—¿Otro café, Charles?
—No...
Estábamos de pie, Sonia puso sus manos sobre mi pecho desnudo. Llevé mi mano derecha a la cabeza, la pasé sobre la frente, toqué las sienes.
—Eres parapsíquico, Charles. ¿Qué sucede?
—Algo va a pasar en este apartamento.
—Estás muy pálido. ¿Tienes alguna premonición?
—Es más que un presentimiento, le dije a Sonia.
—Tienes los ojos cerrados.
—Veo como si fuese un sueño, formas imprecisas...hay gente aquí, mucha gente. -Estás en peligro Sonia.
—Siéntate Charles. No tengo enemigos.
—Está pasando, Sonia, está pasando.
—¿Te ha sucedido antes? Quiero decir, esa sensación.
—No, no de esta manera, no relacionado contigo. Déjame poner las manos sobre tu cabeza. Así, no te muevas Sonia.
Después de un minuto, deslicé mis manos por los lados del cuerpo de Sonia terminando en la punta de los pies.
—¿Por qué haces eso Charles?
—No se, con caricias salvé a Cleopatra.
Le relaté mi experiencia sobre la epidemia del circo.
—No se por qué lo hago, quiero protegerte. Dame tu número de teléfono Sonia.
Luna, me tendió una tarjeta.
—¿En que hotel te hospedarán en Hamburgo?

—No recuerdo la ciudad, pero por si algo pasa me alojaré en el más cercano a la estación del ferrocarril. Ahí te dejaré recado por si tengo que desplazarme.
—Ten. -dijo Sonia-. Es la llave de mi departamento, yo tengo otra. Pasamos la noche del domingo estrechamente unidos. Me llevó en su Mercedes a la estación del ferrocarril.
—Ven conmigo, Sonia.
—No puedo abandonar a mis clientes de un día para otro. Lanzar por la ventana lo que tantos años me ha costado. Es más razonable, que vengas después de encontrar a tu madre.
El tren empezó a rodar, desde el andén Sonia miraba a Charles, sobre el estribo su mano levantada diciéndole adiós, su pie derecho en el aire. La imagen de la casa rodante del hindú, atravesó su ser. Se arrepintió corrió para irse con Charles. Demasiado tarde, el tren aceleraba.
El convoy llevaba buena velocidad, veía el paisaje cubierto de nieve; iba hacia el norte. Hacía más frío en Hamburgo.
Al día siguiente de mi llegada, paseé a orillas del Elba. Regresé a las calles del interior, tortuosas, estrechas.
En la guía telefónica había localizado la asociación de pasteleros y panaderos; mi propósito era hablar con los miembros más antiguos de la Asociación, con la esperanza de que alguno, recordara la pastelería que había abajo del edificio donde vivió mi madre.
Para las 16 horas, tenía la dirección; todavía existía esa panadería. El olor húmedo de los canales, se mezclaba con sirenas lejanas de barcos que avisaban su salida al mar del norte. Las industrias estaban presentes con su humo y el olor a diesel de los transportes públicos flotaba en las calles.
Nevaba abundantemente, gruesos copos bajaban de su morada tranquilos, como plumas blancas. Al cambiar de calle un viento huracanado lanzaba los copos contra los muros de las casas. Los transeúntes doblaban sus cuerpos para resistir la borrasca.
Volví a recordar mi infancia errante por estas calles, mientras mi cara recibía los mordiscos del frío.
Saboreé los olores, el aire helado, la vestimenta de la gente, los escaparates con maniquíes de mujeres silenciosas. Me detuve en una esquina, mirando un muro con sus piedras visibles; las calles, las esquinas, los canales, los puentes, como algo conocido desde antes. Todo era mi hogar.
Miraba los arbotantes con su capa de nieve, arriba del brazo que extendía la luz a la calle.

Me sorprendí hablándole en voz alta a mi zaguán, era "mi zaguán". Reconocí sus piedras que reforzaban los lados; la puerta había cambiado y sentí tristeza, era el signo del tiempo que pasaba. Las escaleras estaban iguales, redondeados los escalones en su borde, para pasar al siguiente peldaño. La media curva antes de alcanzar un descanso; los muros viejos a los costados. El pasamanos de hierro oscuro; mitad por su pintura, mitad por los años. Las gruesas puertas de madera que cerraban los apartamentos.

En el afán de encontrar mi pasado, seguí hasta el último piso donde una escalera de madera conducía al desván. Miré por una ventana que daba al patio interior muy abajo, sobre el piso; bicicletas alineadas en sus soportes quedaban colgando, sujetas por la rueda delantera, de la misma manera que sucedía en mi infancia. Parecían reses mecánicas.

Por la ventana, vi en frente un muro. Algunas ventanas vecinas tristes. Alguien olvidó un trapo colgado de un brazo de alambre. Tela que se mojaba por la nieve. Algo indigentes las ventanas aquellas, tal vez, por la pintura desgastada, de sus marcos exteriores; también por el muro aplanado que, por placas se desprendía, todo aquello respiraba decrepitud.

Tras unos vidrios unos pisos más abajo, una cara de anciana, la faz demacrada, me hizo pensar en mi madre. Bajé las escaleras como de niño lo hacía, a pequeños saltos de escalón en escalón, era un movimiento subconsciente que venía del fondo de mis recuerdos. En la puerta del primer piso me detuve, era mi puerta.

Toqué con los nudillos, el sonido repercutió como eco en el cuarto vacío. Insistí, la puerta no se abrió. Miré al suelo, donde polvo y pequeñas basuras se habían acumulado. Busqué a la portera, volví a subir; la única puerta a la derecha tenía un letrero en letras góticas que decía: *Portier frau*.

Toqué de nuevo, con los nudillos. Ninguna puerta tenía timbre eléctrico. Sólo en el penúltimo piso una puerta tenía una mariposa que, al girarla hacia que un timbre mecánico sonara.

La puerta se abrió, rechinaron las bisagras; por la estrecha abertura una cabeza inclinada, vieja, intentaba enderezar la nuca para verme. Descendí, doblando las rodillas para evitar el esfuerzo de la anciana. Le faltaban dientes al frente, tenía la boca abierta, con el labio inferior colgando. Un ligero hilo de saliva se adelantaba a la palabra. Había desconfianza en ese medio para abrir la puerta.

—Busco a la señora...creí que el piso se hundía. ¡No sabía el nombre de mi madre! Sólo la llamaba: Mamá. -Busco a mi madre, vivía en primer piso, la puerta de la izquierda. Mi cara debió transformarse en la de un borrico angustiado. La *portier frau* abrió toda la puerta, vi entonces a un anciano en una silla de ruedas; hubo conciliábulo entre la mujer y el hombre que estaba un poco sordo. La mujer gritó, el hombre alzó los ojos hacia mí, uno, porque el otro quedó fijo mirando al frente. Con la mano hizo señas a la mujer para que se acercara a él.

—Monique, la prostituta Monique, está en el hospicio.

—¿Cuál hospicio?, pregunté, con la voz alterada pues la palabra prostituta me molestó. Me dieron el nombre del hospicio y me fui caminando, el lugar quedaba a diez kilómetros de donde me encontraba. Tenía sentimientos encontrados, lastimados. En el plexo, un engrane que daba vueltas trituraba mi sensibilidad.

Descansé en la parada de un autobús, había techo y me sacudí la nieve del abrigo y, también el sombrero que estaba cubierto de una capa blanca. Mi mente giraba, ¿ir? ¿A qué hospicio? No se reconstruye una vida cuando el tiempo ha pasado. Tomé el autobús.

La construcción del hospicio era antigua. Pequeñas ventanas miraban a la entrada del terreno, cubierto de nieve. En el tercer piso se percibía, por la ventana, una cabeza blanca e inmóvil.

—Necesita usted el apellido, con el nombre de Monique no es suficiente. Me explicó una monja.

—¿Quiere buscar con el nombre de Dupont? La monja me miró molesta. Puedo hacer un donativo para el hospicio, agregué-. ¿Podría pasar a ver si reconozco a mi madre?

—Acompáñeme. Dijo la monja.

Recorrí varias salas, donde había ancianas distribuidas en camas, en sillas; algunas caminaban, otras dormían, no veía a mi madre. Un olor rancio impregnaba el lugar, el aire pesaba, por los alientos, por las ventanas cerradas.

Buscaba a mi madre como la recordaba. Volví sobre mis pasos, miré a una viejita muy viejita, tan rígida que parecía hecha de pedazos de madera; le di un beso sobre la mejilla ella no se movió.

Quería yo una madre aunque fuese inventada. Miré de nuevo los rostros uno a uno, buscando en sus arrugas mi pasado.

—Esa anciana en la última cama, ¿por qué está atada?, -le pregunté a la monja.

—Tiene demencia senil, cree que puede volar y lanzarse por la ventana.

—¿Aquella pintada como muñeca de circo, sentada a la orilla del colchón?

—Cuenta hasta treinta y tres, toca una campana creyendo que son las tres...
Miré a la monja, miré a la anciana, en la mano izquierda tenía una campana, la muñeca de circo.
—¿Esta que gira sobre sí misma?
—Se cree un trompo, pero solamente los martes.
—¿Existen otros hospicios?
—Este es el único que corresponde al barrio donde vivía su madre.
En la mano de la monja dejé el donativo. Salí, seguía nevando. Es natural murmuré que los hombres construyan sus religiones. Aceleré el paso. Había visto caricaturas de vida que fingían vivir.

Regresé a la dirección de mi madre. Pregunté en todos los cuartos; nadie sabía quien era Monique, volví con la *portier frau*.
—A Monique sólo la conocían así, nadie sabía su apellido.
—Préstame la llave del cuarto de mi madre, tal vez, encuentre algo.
Bajé despacio, abrí lentamente. La puerta se resistía hinchada por la humedad. Miré sin franquear el quicio. Tuve la sensación de que otra gente vivió en el cuarto; había restos olvidados, algunos periódicos, polvo grisáceo. Ya no estaba la sábana que separaba el cuarto cuando era niño, con sus roturas, por donde yo veía las sesiones.
Tuve la emoción triste, de que ya no era „mi" cuarto. Miré la puerta de arriba abajo, no me pareció tan alta como la recordaba, la volví a mirar. Vinieron a mi mente las palabras de mi madre: "si quieres comer, ve a robar... ¡hijo de mierda!".
Sentí un espacio frío dentro de mí, había perdido mi recuerdo. Regresé las llaves a la *portier frau*.
—Señora, ¿quién administra los cuartos?
—Herr Müller
—¿Dónde vive?
La señora me dio la dirección, quedaba por las afueras de la ciudad. El taxi tardó media hora en llegar. Un hombre de baja estatura me recibió; tenía el aspecto de la gente del barrio donde vivió mi madre, negligencia en el vestir y una cierta emanación de miseria, la cara con el aire del vencido, la renuncia a luchar.
—Señor, busco a mi madre.

Le repetí las explicaciones que le había dado a la portera.
—Voy a ver mi tarjetero, pase.

Una pieza que servía de oficina, comedor y salón; era la organización del administrador.

—Aquí está Monique. Su índice con la orilla de la uña oscura, recorría unas líneas manuscritas de tinta negra. Se tenía la impresión, con el movimiento, que la uña escribía las letras.

—Frau Monique. Me tendió la tarjeta; lea usted mismo con la edad necesito lentes.

Mis ojos se enfocaron como si estuviese descifrando jeroglíficos, leían: "Frau Dupont Monique". Seguía el domicilio. Edad: 41 años. Arrendamiento: 2 de octubre de 19... Así que ahora mi madre tendría 58 años, habían pasado diecisiete años, si los datos eran correctos. Seguí leyendo: "Fin del contrato: 19...". Le di vuelta a la tarjeta.

—¿No tiene más información?

—Las dos últimas veces que hablé con ella, me dijo vagamente, que se iba a vivir a Dresden, murmuró el administrador.

—¿Le dijo a dónde? ¿Con quién?

—Déjeme recordar.

El hombre miraba sus zapatos con tanta concentración que, yo miré también, no tenían brillo, rasguños recorrían las puntas y al izquierdo le faltaban agujetas. Alcé la vista mirando su cara, esperando una respuesta. El administrador se sentó.

—Mis piernas se cansan, -dijo sin mirarme, su mano puesta en la frente-. ¡Ah! Recuerdo que me dio un papel, su madre me dijo que un cliente de Dresden tenía una cafetería un, Bistro como dicen los franceses. Y que se iba con él para ocuparse del negocio. Me invitó a visitarla si un día, iba yo a esa ciudad.

—¿Cómo es mi madre, ahora?

—Tiene la piel blanca como la nieve, claro la edad. Su cabello ya no es rubio como cuando la conocí, se lo tiñe, tiene un lunar discreto tímido, entre los pechos; una coquetería que heredó de su madre, según me dijo.

Guardé silencio.

—¿Usted ha visto los pechos de mi madre?

—Usted comprende, mucho antes que usted naciera ella era joven, yo joven. A veces, no tenía dinero para pagar el alquiler es cuando dije: "quédese". Y pagó con su cuerpo en ausencia de geld (dinero). Esto se repetía de vez en cuando, no se ofenda usted joven; con los años, aprenderá que la vida da muchas vueltas, a veces estamos arriba; otras, abajo. Y también a la derecha o la izquierda de la rueda.

—¿Qué más recuerda de ella?

—Al pasar los años le pregunté: ¿a pesar del tiempo, cómo hace usted para conseguir hombres? Nos hablábamos de usted, no obstante acostarnos juntos. Me contestó: Mire chiquitín, tengo canas y una nariz grande; me bajo el escote y los hombres no ven los cabellos blancos ni la nariz grande. Anidan su emoción en mi escote. Abrió su blusa, sus senos eran tan hermosos como cuando los vi por primera vez.

—¿Cómo son sus ojos?
—Azules, los párpados con sueño, no dormía bien.
—¿Tiene dinero?
—Creo que no, siempre tenía el mismo vestido.
—¿Qué hacía con sus ganancias?
—No lo se, tal vez un hombre... déjame verte, hijo.
El administrador, me escudriñaba.
—¿Soy su hijo?
—Le digo hijo a todos los jóvenes. Tienes algo de ella, tal vez la piel. La última vez que la vi estaba llorando y balbuceó: Tengo un hijo, se parece a mi padre. Tenía el rímel escurrido y el rojo de los labios, sobre la mejilla.

—No escogemos a nuestros padres, no construimos siempre las circunstancias de nuestra vida, -le dije, al que me llamó hijo. Tomé nota de la cafetería.

—Hijo, tu madre, cuando eras todavía una nebulosa biológica; muchos otoños antes de que vinieras al mundo tu progenitora tuvo una hija. Se la quitó la caridad pública y fue puesta en adopción. Tengo la imagen en mi mente de esa bebé; la piel de tu madre, sus ojos azules y un lunar en el centro del pecho.

Pasé saliva. Tenía una hermana, o una media hermana.

—¿Sabe que nombre le pusieron a mi hermana?
—Sonia.
—¿Quién la adoptó?
—La caridad pública nunca quiso informar de ello.
—¿Por qué le pusieron Sonia?
—Tal vez, porque fue un sueño. Me lo contó tu madre, porque fue a buscar a tu hermana.
—¿Cómo era el hombre a quien mi madre le daba dinero?
—Alto, rubio, de tu estatura.
—¿Por qué no me lo dijo antes?
—No quería lastimarte, es lo que se llama "padrote".
—¿Tengo acta de nacimiento?

—Tu madre no te registró, tenía miedo que la caridad pública te recogiera, como sucedió con tu hermana.
—¿Quién atendió el parto?
—Una amiga de tu madre.
—¿En dónde encuentro a esa amiga?
—En el cementerio.
Me fui a mi hotel. Una nostalgia nunca antes conocida, me hacía su prisionero. Miré por la ventana, los copos de nieve descendían sobre Hamburgo, como diminutos paracaídas blancos. Amaba la nieve, las noches frías eran mi hogar. Salí a caminar, la capa blanca crujía bajo mis pisadas; me paré mirando los copos, puse mi palma hacia arriba, viendo como se derretían en ella.
Conservé a través de los años, una comunión profunda como la nieve, hablaba con los copos, con las palabras que expresa la mirada. Esas palabras silenciosas, las que no se pronuncian con los labios. No se si ellos me comprendían, pero todos y cada uno me daban serenidad, a la vez que una caricia blanca; cada copo, era una bailarina dentro de mí. Nunca supe porque sucedía así.
Esa noche, dormí con un sueño ligero. Soñé con bebés.

En Dresden, la nieve cubría todo. Los barrenieve pasaban lentos, dejando a cada lado muros pequeños y blancos. Era de madrugada. Me fui a un hotel cercano al apartamento de Sonia. No quise despertarla, deseaba arreglar el asunto de mi madre sin involucrarla emocionalmente.
Al día siguiente a las 17 horas me duché y cambié de ropa. Quería estar presentable y que mi madre viera a un hombre que pudo salir de la miseria. La cafetería ostentaba el nombre de "Quimera". La fachada, tenía el aspecto de un vagón de tercera clase. Abrí la puerta, de inmediato me envolvió un aire pesado. El humo de cigarrillos, pipas y puros; formaba nubes que no se integraban, flotando con movimiento indolente, al paso de las camareras.
Tomé asiento en la barra, en una posición que me permitiera observar la sala. El público lo constituían obreros y empleados que tomaban el aperitivo de las 18 horas. En las dos mesas de los rincones, los clientes jugaban baraja, bebiendo y estallando; ocasionalmente una discusión por tal o cual jugada. Sillas y mesas de madera, cortinas de cuadros blancos y rojos, tenían tela insuficiente quedando a medio cerrar. La barra sin pretensiones, la cerveza y el vino eran las bebidas más demandadas por le clientela.
Las dos camareras tenían el cabello rubio, recogido con dos trenzas, que en rueda quedaban a los lados, justo atrás de las orejas.

La más delgada tendría veinticinco, y la segunda alrededor de treinta y cinco o cuarenta años. A ninguna le podía pedir que me mostrara, si entre los senos tenía un lunar.
Por la fuerza de las circunstancias, le pregunté al barman:
—¿Conoce a la señora Monique?
Atendiendo a un cliente me contestó, a un metro de distancia.
—Nein.
Pagué mi cuenta y me dirigí a la menos joven de las camareras.
—Disculpe señorita, ¿conoce a Monique?
—Venga mañana cuando esté la patrona, ella la conoce.
La respuesta me hizo suponer, que la patrona no era Monique.
Recordaba en el hogar de mi madre los gritos, las luchas, las obscenidades, la indiferencia glacial, el rechazo no articulado. Su desnudez, en caricias lascivas. El prematuro conocimiento sexual, con su fijación; los maltratos psicológicos, los castigos con el hambre; la aguja alocada de la desorientación emocional, brújula sin rumbo.
La vida volcánica de la madre congestionada por el alcohol; los golpes con la escoba persiguiéndome, por la escalera. Las noches de los cuchillos, fríos, esa defensa de mi madre, contra los hombres que le pegaban. Los desamparos nocturnos y el abandono final.
La cercanía del encuentro con mi madre, mantuvo mis ojos abiertos y el hipotálamo bailando, la danza del fuego mientras mi noche avanzaba, semejante a un automóvil con los neumáticos desinflados, a tumbos. En la madrugada, me quedé dormido.
De vuelta a la cafetería, la dueña me informó que Monique vendió el establecimiento y compró un restaurante, de más categoría, en el centro de la ciudad.

Con nueva dirección en el bolsillo tomé el autobús. Observaba a la gente, no era la hora de más afluencia. El vehículo se componía de dos cuerpos unidos mecánicamente, y un fuelle que se amoldaba a las curvas del recorrido; en la plataforma del fuelle, dos hombres parecían ignorarse. Uno era de brazos cortos y se sujetaba a las barras verticales; su obesidad oscilaba con los movimientos, importunando a su vecino cuyo cuello era largo, sobre él se sostenía una cabeza angulosa que se inclinaba, lastimosamente a la derecha. Su abrigo mal abotonado colgaba más de un lado, dando la apariencia de que sobraba un ojal. Para mantener el equilibrio, el "sobremedidas" separó los pies; de tal suerte que la punta del zapato, aterrizó encima del pie de su vecino, esto provocó que saliera una voz aguda de la garganta del afectado.

—¿No puede usted, poner atención al bailoteo de su barril y a lo que hace su pie?, es usted un atolondrado.

El gordito volvió la faz hacia atrás, buscando al dueño de esa voz quejumbrosa, su mirada se cruzó con la mía y me dijo: -Le habla el señor.

—No, -prosiguió el quejumbroso-. -Le hablo a usted.

El resultado fue dos cabezas, una levantada como mirando las nubes y la otra, examinando el suelo.

—No es usted capaz de abotonar correctamente su abrigo. ¿Qué tiene que reclamarme?

—Su barriga embarazada, -replicó el otro.

—¿Tiene que pegarse a mí estando el vehículo vacío?

El autobús frenó, el sujeto desgarbado bajó, su abrigo se enganchó y salió rodando un botón que, desde antes, colgaba con dos hilos. El individuo miró para todos lados, verificando si nadie lo miraba. Tras él bajé yo. En contra esquina, se encontraba el restaurante que buscaba, un letrero luminoso tenía el nombre: Monique.

Las mesas y la decoración eran modernas; algo frías para mi gusto. Tomé asiento en un rincón, cuya mesa quedaba escondida para parte del público.

—Un vaso de vino señorita, ¿está la señora Monique?

—Es la señora que se encuentra en la caja registradora. Me contestó la camarera.

Mi mirada se posó sobre la cajera. Sí, era mi madre, no estaba lejos de mi mesa; la cara había envejecido, tenía la expresión dura, con una barnizada de amargura que se observaba en muchas prostitutas. La vida de penurias, las desveladas y la ausencia de sol produjeron en su piel una palidez carcelaria. El azul del iris daba la impresión de tristeza, con una mezcla de descaro en la mirada.

Me miró. Se dirigió a mi mesa para saludar al nuevo cliente. Me puse de pie.

—Buenas noches, señor, -me dijo-. -¿Lo están atendiendo bien?

—Sí, señora.

—Nunca lo había visto por aquí, ¿es la primera vez que viene?

—Sí, señora.

—Gusto en conocerlo. Y se fue a otras mesas a saludar parroquianos.

¡Mi madre no me reconoció! Di un sorbo al vino. Monique regresó.

—¿Lo conozco?

Me puse de pie, nuevamente. Su mirada muy fija en mis ojos. Retrocedió, sus manos contra el pecho que, se sacudía por la respiración agitada.

—¡Lo conozco!, -repitió la voz trémula. -Eres...

—Soy tu hijo, Monique.

Cerró los párpados, su cuerpo se ladeaba; temiendo que cayera, la tomé en mis brazos; lloraba, sin hacer ruido.

—¡Cómo has crecido! Eres un hombre... -se separó de mí para examinarme.

—¡Como te pareces a tu padre! No, ¡más al abuelo! La miré, entre los pelos de la ceja izquierda se hacía visible una cicatriz blanquecina. Su ojo derecho, tenía una nube diminuta en la orilla del iris.

—La cuenta va por mi parte. -Y pidió otro vaso de vino para ella.

La camarera regresó a buscarla, para que atendiera a unas personas que deseaban un salón para un banquete.

—Ven mañana, al medio día, para comer juntos, -me dijo.

Terminé el vino y salí. No estaba lejos del apartamento de Sonia, preferí ir al hotel a recoger mi maleta.

Llamé a Sonia, no contestaba el teléfono. - Habrá ido a comprar comida para la cena, -pensé.

Salí tarde a pasear por la nieve. Cuando se ha carecido del amor maternal, no se nota en nuevas circunstancias, cómo la madre sigue indiferente. Yo había visto a los animales del circo, los cuidados y afecto de las hembras por sus crías y, sin saberlo, dentro de mí separé a los animales y a los humanos. Observé en los parajes alpinos, el águila llevando comida a sus aguiluchos. Vi a las boas proteger a su cría, poniéndola en el centro de su anillo. No vi similitud en los humanos.

Caminando, alcancé la confluencia de dos calles. Un hombre con los pelos engomados estirados hacia arriba, sobre los cuales la nieve se perdía. Hablaba con un sujeto que tenía en la mano, el mango de una escoba de cuyas cerdas escurrían gotas de nieve y pegamento. Con la otra mano sujetaba un rollo de carteles, cuyo destino era la pared, donde la gente embobada leería su texto político.

Pasó un perro callejero, lo llamé produciendo un chasquido con el pulgar y el dedo medio, el perro sin dejar su trote me miró y prosiguió su camino. A éste le ha debido suceder lo que a mí" pensé, mientras lo seguía con la mirada. El animal estaba sucio y mojado. Sus pelos tenían trenzas pegadas de lodo, testimonio de algún lugar donde se acostó a pasar una mala noche, de hambre y frío. Recordé mi infancia callejera.

El perro se acercó a mí, lo acaricié con mi mano derecha.
—¿Tienes hambre, verdad? -Él me miraba con sus ojos castaños, moviendo lentamente la cola-.—Ven, le dije. -Le compré un emparedado, que pedí con abundante carne. Quizá sintió el chico de las trenzas lodosas, mi magnetismo.
La gente iba a pasos precavidos. Las calles estaban resbaladizas por la helada. Regresé a mi hotel por una calle diferente. Bajo una arcada, una puerta de vidrio permitía ver al interior. Largas bancas, como las que hay en las iglesias estaban colocadas a los lados, quedando un pasillo libre en el centro. Esparcidos los indigentes, miraban de frente a un hombre vestido de oscuro, de cara muy pálida; atrás de sus lentes los ojos azules, de un azul muy claro. En su mano la biblia, con su empastadura flexible y los cantos dorados. Había calefacción que, de alguna manera, se filtraba a la calle por la unión de la puerta con el marco algo destartalado.
Entré, el evangelista me hizo señas con la mano para que me acercara. Me senté en la banca, ninguno de los que estaban en ella mi miró. Nunca supe si tenían indiferencia a lo que decía el hombre de traje oscuro o apatía al entorno.
Debía ser el final de la predicación, los asistentes se levantaban dos le dieron la mano al pastor. Los demás, la espalda. Se calentaron un rato en el local. Al final quedó un joven, muy delgado, con cara de Jesucristo hambriento. El evangelista le hablaba de la salvación del alma. Salí.
En la acera, cuatro prostitutas abordaban peatones que por azar o costumbre, pasaban por esa calle. Más adelante, un hombre alto bajó la acera trastabillando; una joven mujer salió del zaguán oscuro persiguiendo al individuo y reclamándole el pago. Nadie supo por donde salió el socio de menor estatura que el cliente; sus brazos en posición de boxeador, alcanzó al deudor con un gancho a la mandíbula, haciéndolo perder el equilibrio. Aquel quedó tendido, no traía abrigo y su chaqueta quedó abierta con los lados extendidos cual alas de mariposa. Nadie intervino por ser a todas luces, una cuestión de honor.
Miré el nombre de la calle, cosa extraña era un hombre francés.
Mi hotel tenía la puerta cerrada, toqué el timbre. El portero de noche agradeció mi propina. Se inclinó hacia mí y me dijo en voz baja:
—Esto me ayuda a construir mi chalet.

Lo miré, sus ojos grises tenían la luz del entendimiento al hablar con un cómplice.
Tendido en mi cama, antes del sueño, relajé mi cuerpo.

Al medio día, un viento de voz alzada, me acompañó hasta el restaurante "Monique".
La mesera del día anterior se acercó a mí tomando abrigo y sombrero; colocó la bufanda en la parte interior de la manga, me acompañó a la mesa, me sonrió; sus labios sensuales, se mantuvieron abiertos más de lo necesario, su mirada anidó en los míos.
—La señora Monique, nos ha dicho que usted es su hijo. Asentí con la cabeza. -Es usted muy serio para su edad...
Nueva sonrisa, se inclinó, ofreciendo el contenido del escote.
—Cien soliloquios y cien soledades, me han dado la seriedad, -le contesté a la camarera.
—La señora Monique tardará en llegar. Me encargó que me ocupara de usted. -Tercera sonrisa-. -Eres varonil, muy atractivo.
De tanta desnudez femenina en mi infancia, veía su cuerpo sin que se quitara el vestido y percibía las vértebras salientes de su estructura corporal. Debía ser velluda como la siciliana, por la sombra dorada sobre su labio superior.
—Tienes una mirada profunda, que me turba, -dijo la camarera con las mejillas en llamas. Coquetamente, con la mano, arregló su cabello. Mis ojos descubrieron el campo de trigo dorado de su axila.
—¿Cómo te llamas?, -le pregunté. Su brazo seguía en alto y mi mirada insistía en el mismo lugar.
—Luisa, -me contestó.

En un mensaje promisor del triángulo, pensé.
—¿Qué quieres tomar, cariño?
—Media botella de vino tinto.
—Únicamente tenemos botellas grandes.
—Está bien, Luisa, una botella grande.
—Si es mucho, cariño, yo te ayudo.
Estábamos a media botella, cuando llegó Monique.
—Ven a la noche, tarde, y nos iremos a casa, dijo la camarera al levantarse.
Me puse de pie al acercarse mi madre.
—¿Te han atendido bien?
—Como emperador, -le contesté.
Se sentó frente a mí.
—¿Es verdad, Monique, que tengo una hermana?

—¿Quién te lo dijo?
—El administrador del edificio donde vivías, en Hamburgo.
Monique miró hacia la barra, buscando controlarse.
—Eres muy directo. Sí, tienes una hermana.
—¿Media hermana?
—No, hermana completa.
—¿Qué ha sido de ella?
—Me la quitó la caridad pública, la pusieron en adopción. Indagué, todo fue en vano.
—Monique, ¿tienes un lunar entre los senos? ¿Lo heredó mi hermana?
—Sí, Charles.
—Muéstramelo.
Monique se arrinconó y me dijo:
—Tápame con tu cuerpo, que no me vean.
Me puse de pie frente a ella.
—Me has visto desnuda todas las noches, ya me conoces. Levantó su suéter, no traía sostén; con sus manos tapó a medias los senos y los separó; era visible un lunar pequeño. Quitó sus manos, sus pechos seguían firmes, como yo los recordaba. Los años no se columpiaron en ellos. Bajó el suéter.
—¿Qué quieres comer?
—Escoge para mí.
A mitad de la comida le pregunté: -Monique, ¿quién es mi padre?
Me miró, sus ojos se desviaron hacia un lado. -¿Por qué quieres saberlo?
—Busco mis raíces, un puerto donde poner mi identidad. ¿Es el hombre a quien le dabas dinero?
—Era un padrote, murmuró Monique.
—¿Por qué dices, era? ¿Ya no vive?
Los labios de mi madre temblaban.
—¿Todavía lo amas?
Silencio.
—Sí.
—¿Dónde está él?
—Como se dice en francés: *Je l'ai dans la peau*" (Lo tengo en la piel).
—¿Eres francesa?
—Sí.
—¿Cuál es mi apellido?
—Dupont.
—¿Cuál es mi edad?
—El dos de octubre de éste año, cumpliste veinticuatro años.

—Mi padre, ¿es también francés?
—Es parisino.
—¿Dónde está?
—Murió en una batalla, cuando levantaba la bandera de Francia que él portaba. Fue destrozado por una granada, la explosión acabó con su vida. Nunca se encontró su cuerpo sólo pedazos de la bandera, un compañero me trajo una triza de tela. Los ojos de Monique estaban llenos de lágrimas que, desbordaban, como una catarata.
Se secó las lágrimas. --Espera. Se fue y regresó. -Mira te doy la mitad de la triza y esto. Era la cruz de guerra, otorgada por actos de valor en combate. Guárdala es tuya. No puedo más, ven otro día.
Mi madre salió a la calle, con su abrigo de visón colgando de la mano, lo arrastraba, y su alma también.

Miré el pedazo de bandera, era azul, quemado en las orillas y con perforaciones irregulares por efecto de la metralla.
Lo guardé en mi bolsillo izquierdo, junto con la cruz de guerra.
Por la ley de la sangre era yo francés, por la ley de la tierra, era yo alemán y por no tener registro era yo, universal.
En el cuarto del hotel, contemplé largamente la cruz de guerra. ¿Cómo era compatible la vida de padrote con acciones heroicas? El ser humano es complejo y contradictorio. Recordé las palabras de Goethe, cuando visitó a Napoleón Bonaparte en París: *Je ne peux pas comprendre que le hasard de la naissance, fasse des hommes des ennemis entre eux*. (No puedo comprender que el azar del nacimiento, haga a los hombres enemigos entre sí).
Esa noche, soñé con batallas, destrozos y sangre.
Al mediodía, regresé al restaurante de mi madre. Vino a mi mesa y se sentó frente a mí.

—No juzgues a un hombre mientras no te hayas puesto sus zapatos. Es un dicho de los indios de Norteamérica.
Comimos, ¿me dijo esto para exculpar el pasado?

—¿Por qué me echaste a la calle? Una madre no abandona a sus hijos. Mi pregunta no es un juicio, trato de comprender.
Me miró, bebió vino para ganar tiempo en hallar una respuesta. Alzó los hombros, como diciendo: "Yo qué sé" y me dijo: -Mi capacidad de amar estaba extenuada. Hay mujeres cuya vida está ligada a los hijos y, mujeres cuya vida queda amalgamada a su hombre. Cuando éste la maltrata, se aleja entonces presa del desamparo; vientos de locura vuelcan sus sentimientos. Por eso empecé a beber quizá las raíces de un carácter débil, de una vanidad frustrada;

la fijación a la madre me llevó a los hombres queriendo, subconscientemente convencerme que no me atraían las mujeres. ¿Te acuerdas que me visitaba una amiga? De niña, un tío, hermano de mi madre me violaba una vez a la semana. Mi madre me confió a su hermano con motivo de un viaje, que se alargó; yo no sabía que hacer. Cuando mi madre regresó, el daño que había en mí fue irreparable. Me quedé callada, tenía catorce años.
Era momento de confesiones. Yo callaba y oía.

—Un nuevo viaje apartó a mi madre y yo, de nuevo con el tío. Me volvió a violar, resulté embarazada, mi tío pagó el aborto. Después al salir del hospital, por consejos de una amiga, huí. Mi mundo emocional estaba en bancarrota, mi mente era un caos. Para vivir, mi amiga me introdujo a la prostitución ocasional. Yo sé que estoy mal, tengo un desequilibrio irreversible. Te lo puedo demostrar: deseo acostarme contigo. Vete, no vuelvas, tengo el restaurante, ahora no paso hambre. Mi compañero me puso este negocio. Vete.
Me dirigí a la camarera, diciéndole: -No me esperes. Regresé con mi madre.
-Ten, en este papel está un número telefónico si necesitas algo llámame.
No estaba horrorizado por lo que mi madre me dijo. Mi infancia errante, había endurecido mis sentimientos y mis ojos, habían visto muchas cosas en las familias del circo. Siempre traté de enderezar mi camino por reflexión propia y, no comprendía que si yo lo podía hacer, otros no lo hicieran. Pasé los puentes y en cada uno, desde el barandal, miré las aguas. Se iban, un poco agitadas en ciertos cruces y en otros, más profundas, tranquilas con la superficie rizada.
Teniendo poca memoria afectiva para las cosas malas que me hicieron, las aguas se llevaron lo difícil de mi pasado. Pensé en mi madre y un susurro se filtró en mis labios: "No hay que juzgar a una persona, mientras uno no se haya puesto sus zapatos".
Desde el hotel llamé a Sonia, no quería ser inoportuno llegando por sorpresa. No contestó. Me fui caminando. A la vuelta de la equina, vi un grupo de personas a la entrada del edificio. La portera estaba en el zaguán.

—¿Qué pasa?, le pregunté.
En ese instante llegaron los gendarmes invitando a los curiosos a retirarse a sus casas. Ya habían pasado los hechos.

—El señor vive aquí, yo soy *portier frau* del edificio.
El hombre de uniforme me soltó el brazo.

—Dos grupos antagónicos pelearon por cuestiones políticas, según entendí invadieron el inmueble, dijo la guardiana del edificio.

—¿Y la señorita Sonia?

—Está en su apartamento.
Toqué el timbre, omitiendo usar la llave que me dio Sonia. Por la mirilla, ella me reconoció y abrió la puerta de par en par. Cerré la puerta por la espalda, al mismo tiempo que tiraba mi abrigo al suelo. Nos abrazamos. Sus labios estaban ardientes como si tuviesen fiebre, sentí el calor de su cuerpo, una onda magnética emanaba de ella. Con su lengua, escribió frases en mi lengua. A su oído, deslicé: -
Chérie. Besé su lóbulo. -Te he extrañado, como si fuéramos hermanos, quiero decir...como si fuéramos amantes desde el nacimiento.
—-¿Por qué dijiste hermanos?
—No lo sé.
—Te he deseado tanto, con la desesperanza de las estrellas en espera de la noche, -murmuró Sonia, poniendo su cabeza contra mi pecho. Sus cabellos me acariciaban; su perfume tenía embrujo. Me estremecí. La desvestí despacio, lanzando al sofá las prendas que le quitaba, en un gesto sacerdotal.
Ignoramos la cama, la estrechez del diván nos apretó, el uno contra el otro. Enlazamos nuestras piernas para no caer. Sus muslos ardían, sus senos se ofrecían. La acaricié con las yemas de mis dedos, su piel respondía a lo largo de sus muslos en vibraciones secretas, buscando con más intensidad la caricia en el templo. Soplé tenuemente el aliento de mi ser sobre sus pezones rosados. Uno a uno, los acaricié con mis pestañas y lentamente mis besos mis labios descendieron. En el centro del mundo, me detuve, depositando un murmullo de amor. Me perdí en sus rizos, habiendo sentido antes la curva tenue de su vientre, como el puente que une un instante a la siguiente emoción.
El viento de fuego permaneció en plenilunio largo tiempo, como la nube desmayada de la nube blanca. Sus ojos azules tenían el velo de un viaje lejano. En el templo, la luz encendía plenilunios. Nuestra languidez, se envolvió en la penumbra que jugaba con la luz. El murmullo de la calle, acariciaba los vidrios y se introducía al cuarto, sin molestar.

Abrí los ojos, el cuerpo de Sonia reposaba entrelazado al mío, nuestros brazos y piernas se entremezclaban, como las boas entrelazan sus anillos. Me moví, Sonia despertó. Me miró con dulzura. Después de la ducha, en bata preparamos la comida. Estábamos hambrientos. Mientras comíamos, Sonia me dijo: -"Si algún día el destino nos separa; yo moriré envuelta por el viento que empuja las olas, seré el mar que volverá a dormir a la playa de tu ser".

Me miró, en sus pupilas aleteaba una sombra de azul profundo. Yo sumergí mi mirada en la suya y le hablé: -"Yo seré el agua de tu mar, llevando hasta el fondo de si misma mi dolor. Haré del silencio marino un ropaje que pondré en el doblez del oleaje, para vestir tu desnudez, seré vagabundo, semejante a las nubes sin rienda que, ciegas corren por los cielos. Seré, lluvia que se une al mar, seré su corriente llevando, la soledad del infinito".
Sonia se levantó, puso música de Chopin y, un beso en mis labios.
Nos dormimos, arrullados por la melodía.
Salimos a caminar, la mañana era adolescente. Los copos de nieve giraban a nuestro alrededor, con la mano del viento jugaban con nosotros.

—Charles, ¿te acuerdas cuando antes de irte tuviste la imagen de mucha gente en mi edificio?

—Sí lo recuerdo.

—Pues, eso sucedió.

—Háblame de tu madre, ¿la encontraste?

—Sí la encontré.

—No te lo pregunté anoche, para no poner tristeza en nuestra velada.

—Le di el número de tu teléfono, por si necesitase alguna ayuda.

—Hiciste bien.

—Mañana, tengo que ir a visitar a un señor que tiene interés en adiestrar serpientes, para alquilarlas a los realizadores de películas. Él está en Hamburgo, tardaré un día probablemente, pasado mañana estaré de regreso.

—Tenemos que organizar nuestras vidas, para estar siempre juntos, -exclamó Sonia-. -¿Te acuerdas de la canción francesa *Les feuilles mortes* (Las hojas muertas)?, me preguntó.

—Sí en una parte dice: "pero la vida separa a los que se aman".

—Hay que respetar la libertad del uno y del otro, me parece bien; sin embargo, recuerda que es más fácil llegar al matrimonio que conservarlo. Lo que se conoce, ya no emociona. Es un arte y una técnica saber mantener el interés. Con los años, la pasión se atenúa y lo que al principio era interesante, atractivo, se torna aburrido. "El prado del vecino está más verde". A fuerza de verse todos los días repitiendo la misma escena, la monotonía se introduce en la pareja, en el quehacer del día y de la noche. Los elementos del carácter y la tendencia dominante en la personalidad de uno y otro, tomarán el primer lugar, mientras los sentimientos frescos del inicio, quedarán en tercer o cuarto lugar dentro de la manera de estructurar las relaciones. La frescura, como el cuerpo, envejece.

—¿Cuál sería un aspecto de ese arte?, -preguntó Sonia.

—Son muchos los puntos, entre estos: no intentar dominar al otro, en esto y en aquello; otro, es mantener la cortesía hacia la compañera, como si la acabaras de conocer. Tener para ella, gentilezas insignificantes que el hombre olvida pero que, para la mujer significa mucho. Por ejemplo, darle unas flores sin que sea su aniversario, tomarle la mano para salir del automóvil, aunque sepamos que ella es fuerte y puede bajar sin ayuda. Esto se hace, no porque la mujer sea inválida, sino por atención. Un aspecto adicional, es la higiene sexual; hay hombres que les gustan los perfumes fuertes que desprende el cuerpo femenino, porque se excitan de esa manera intensamente. No todos los cuerpos tienen la misma densidad de aromas. Las morenas y las pelirrojas poseen una esencia más fuerte, las rubias, una fragancia ligera. Otros factores que influyen, son las afinidades, la educación, la religión que puede sobrellevarse con tolerancia; sin embargo, en este último caso, al tener hijos, es frecuente que la tolerancia desaparezca y cada uno de los cónyuges, quiera, tercamente, que el hijo siga su misma religión.

—Te invito a tomar un café, -dijo Sonia. Conozco un lugar que tiene distintas maneras de prepararlo.

En cuanto entramos al establecimiento, el aroma nos envolvió, flotaba en el ambiente como una promesa misteriosa para el paladar más exigente. La realidad, confirmó las esperanzas. La cafetería era típicamente alemana, al estilo antiguo. Tenía un especialista turco que estaba en el mostrador dirigiendo los preparativos. Nos sentamos en un rincón apartado para poder conversar a gusto.

—Charles, ¿cómo sabes tanto de la mujeres, siendo hasta hace poco virgen?

—Los hombres, de manera menos marcada, también tienen sus esencias que agreden la ecología, he oído comentarios, he leído.

—¿En que categoría de hombre te clasificas? Soy tonta, la pregunta sobra. Por tus caricias, por los besos que me diste, los lugares en que los escondiste, puedo deducir que, te agrada mi fragancia ligera.

—Sí, es verdad, Sonia. Pero, hay hombres que esconden sus besos en olores petroleros.

—¿Qué otra cosa es importante?

—Son tantas, que habría que escribir un libro; el sexo es de un momento, el carácter se manifiesta constantemente en la relación.

—Los hombres tienden a perder las atenciones, las mujeres se descuidan.

—En nuestro mundo occidental somos expertos en hacer las cosas al revés, nos duchamos en la mañana y nos afeitamos justamente, para salir de casa. En las noches nos lavamos los dientes, tal vez, nos acordemos de la cara y nos metemos en la cama, cuando es precisamente el momento que debíamos oler a jabón y agua fresca. Pues nuestro cuerpo estará a unos centímetros de nuestra compañera. Por su parte, la mujer escoge la noche para transformar su cara en una máscara de cremas, sus cabellos luchan por librarse de artefactos, se rasuran los vellos de las axilas y se olvidan del bidé. ¿No te parece sorprendente?, Sonia.

—La gente no reflexiona sobre estas cosas por falta de sensibilidad y, porque copian la educación de su hogar. También pienso -prosiguió Sonia- que es la intuición, la inteligencia sensible la que debe guiar en el quehacer y cómo hacerlo, y que la reacción de la otra persona, nos indicará si esta u otra manera la agrada.

—Tienes razón, Sonia, aunque hay actitudes donde la mujer es muy inhibida por su medio, por una educación tradicionalista y cerrada. Cuando la reacción erótica no se presenta, la pareja debe preguntarse sobre los modos, las maneras y los sitios, a fin de satisfacerse en lo abierto y en lo secreto.

—Creo que con tanto café, no voy a dormir, -dijo Sonia. ¿Sobre nosotros, tienes alguna observación Charles?

—Soy semejante al viento de la tundra donde nació tu abuela, no por lo helado pero sí por los espacios, soy un poco errante, no tengo raíces, no tengo abuelos, no tengo nación.

—Yo seré tus raíces, yo seré tu nación, -afirmó Sonia.

—No quieras absorber la tundra, Sonia, ni ponerme un lazo para pasearme, a la manera de un chucho.

—Te dejaré libre, como viento estepario, sin árboles que te estorben, ni ramales que te detengan.

—Las mujeres tienen necesidad de seguridad económica y de formar un hogar, -le dije a Sonia.

—Cuando tengamos veinte años de vivir juntos, ¿sí yo te engañase, me perdonarías?, -preguntó Sonia.

La miré. -¿Tu pregunta está construida para saber si yo te podría engañar?

—Contestas a mi pregunta con otra pregunta.

—Si me engañas porque no se satisfacer tus necesidades eróticas, sentimentales, culturales, yo te perdono; si me engañas por tonta, entonces, yo te dejaría. -Sonia las mujeres engañan, por soledad o por venganza, también, las sobradas de hormonas, y por envidia. Se llega a la infidelidad por circunstancias que pueden propiciarla. El exceso de satisfacciones, genera una cierta monotonía y hombres y mujeres buscan la aventura, el riesgo, como un renovador de la emoción.

—Charles tú, no me hiciste la pregunta sobre el engaño, ¿por qué?

—Los valores que hay en ti, son más importantes que un extravío momentáneo. Conmigo tendrás una vida de emociones, Luna, alternaré la quietud con los vientos esteparios. De todas maneras la mujer, es un misterio que la razón no puede explicar. Hay que admitir a la mujer y su secreto, hay que aceptarla como se recibe la flor, como ella es.

—Amo tu inteligencia, fuente inagotable, te amo como eres, Valiente.
Sonia me miraba.

—No idealices Sonia, la vida pone a prueba al perro callejero y al humano. ¿Nos vamos? Me gusta tu apartamento, contigo tengo un hogar y tu presencia está en armonía con mi cuerpo magnético.

Al día siguiente, Sonia me llevó en el Mercedes a la estación del ferrocarril. Mientras el tren esparcía la nieve acumulada sobre los rieles preparé las notas para la entrevista en Hamburgo, hice la lista de las serpientes más aptas para un entrenamiento.

En el apartamento, Sonia miraba el cartel con Valiente en el centro de la boa. Pensó que lo amaba, sin saberlo, desde que lo vio saliendo del tonel de agua fría. Lo quería sin pedir nada a cambio, ni matrimonio, ni fortuna.

Se preparaba para cenar, cuando sonó el teléfono.

—Aló.
—¿Se encuentra Charles?
—Salió, ¿quiere dejarle un mensaje?
—Habla Monique, soy la madre de Charles, usted debe ser...
—Sonia, soy amiga de Charles.
—Sí, eso es, Sonia, él me habló mucho de usted, me agradaría conocerla.
Silencio. -Tengo un regalo para Charles, ¿Se lo podría dar a usted?
—Sí señora Monique.
—Mire usted, yo tengo un restaurante, tiene el nombre de Monique, no es tarde venga a verme, la invito a cenar.
—Es un poco repentino, todavía tengo trabajo que terminar y, a Charles le agradará que usted misma se lo de.
—Tengo que salir de la ciudad mañana venga, la atenderé muy bien.
Era viernes, muchas personas salían el fin de semana a los deportes de invierno; tal vez por eso, el restaurante estaba a medio llenar.

—¿La señora Monique?, -preguntó Sonia a la camarera más cercana.
—Está en aquella mesa. -Con los ojos le indicó a Monique.

Al acercarse Sonia, Monique se levantó.

—Querida ¿Tú eres Sonia?, le dijo. Tu belleza me sorprende, porque las mujeres inteligentes...En el camino perdió el hilo de su pensamiento. Ven, siéntate frente a mí. ¿Qué quieres tomar con la cena?

—Vino tinto.

—¡Bah! Eso es para los hombres. En ese momento, se acercó la camarera que invitaba a Charles a su casa.

—Mira, dijo Monique. Esta hermosura es la chica de mi hijo, se llama Sonia

La mirada de la camarera recorrió a Sonia de arriba abajo, ida y vuelta. Le dio la impresión que le era antipática de tiempo completo. Supuso que aquella chica debió conocer a Charles y seguramente, le gustaría una escapada con él.

—Silvestre, trae una botella de champagne, *Veuve de Clicqucot demi sec*.

—Las mujeres somos muy curiosas, dime ¿cómo conociste a mi hijo? Para una mujer, otra mujer, si se trata de un hombre, éste pierde la batalla por la vía del escote. Sonia se puso en guardia por dentro, su intuición de mujer, tocaba una campana de catedral.

—En un museo.

—¡Ah, sí!

Ese "sí" era algo como: no me lo digas.

—Me dijo usted que Charles le habló mucho de mí, seguramente le comentó como nos conocimos, dijo Sonia a Monique.

—*Votre riposte du tac au tac* (Su respuesta de toma y daca) es significativa, exclamó Monique. ¿Entiendes francés Sonia?

—Oui Madame.

—¿Eres políglota?

Silvestre llega con la botella de champagne.

—¿Me permite que le sirva señora? -Uniendo la palabra al gesto, Sonia sirvió el champagne.

—Por el gusto de haberte conocido, dijo Monique levantando la copa. Después que bebieron una tercera parte del líquido, Monique se apretó la sienes.

—¿Le duele la cabeza señora Monique?

—Tengo una jaqueca de patada de elefante.

—¿Siempre tiene ese dolor?

—No. Creo que no...-¿Piensan casarse?, preguntó Monique.

—No hemos hablado de ello.

—¿Le gusta *le coq au vin*? (pollo al vino) preguntó Monique.
—Está delicioso. ¿Usted misma cocina?
—No, tengo un excelente chef francés. Sonia, ¿te has acostado con Charles? Al mismo tiempo Monique miró hacia la sala como queriendo restar importancia a la pregunta y, bruscamente miró a Sonia, para estudiar en el silencio de su cara, la respuesta confiable.
—Hemos ido al "templo", -contestó Sonia, con una sonrisa sin titubeos.
—¿Eres protestante?
—Nunca protesto.
—Monique no supo a qué atenerse. Su mirada desconfiada la escudriñó. -Como dicen los mexicanos, "me estás cotorreando".
—¿Qué quiere decir?
—El dicho mexicano popular significa conversar, pero también según su sentido, quiere decir burlar.
—¿Ha vivido usted en México?
—No, pero tuve un amante mexicano y, él me lo explicó. Quiero decirte que si se piensan casar, Charles, me dijo que tenía una novia en Hamburgo.
La intención de Monique era poner división entre Charles y Sonia.
—Bueno, el problema es de él, no mío. Lo amo como es. -replicó, sus mejillas se conservaron sin subida de color.
—Por lo visto, usted quiere...
—¡Oh, no! mi intención es tenerla informada, para que no se lleve usted un sofocón. Mejor que lo sepa ahora y no tenga una vida entera de infelicidad.
—Desde luego, predomina en usted el deseo, que toda madre posee, de que su hijo se case con la mujer que ella escoja.
—No soy absorbente, usted me encanta para mi hijo. Pero, ¿sabe la preocupación que tengo?, ¿Mi hijo no le ha hablado de mí?
—Sólo me dijo que iba a Hamburgo a buscarla.
—¿No le dijo sobre mi trabajo?
—No señora, no hizo comentario. Aunque no lo externó, creo que se preocupa por usted.
—¿Trabaja usted, Sonia?
—Sí, hago traducciones.
—Cuando quieras cambiar de actividad ven a verme, tienes buen cuerpo, no seas tonta como yo, si te vas a vender pon un precio alto. El tuteo, no molestó a Sonia. Conozco hombres muy ricos, tú sabes, industriales,

políticos, entrados en el jamón de los años; les encantaría una jovencita, con esa cara de ángel que tienes.
—¿El regalo para Charles?
—Mira que olvidadiza soy. Lo dejé en mi apartamento. Acompáñame.
-Sonia, la siguió al interior del piso, Monique exclamó: -Los hombres no comprenden a las mujeres. Contigo es diferente. -¿Quieres un café?
—Prefiero un digestivo, por ejemplo un: *poire Williams*. ¿Tiene?
—Tengo de todo, sírvete tú misma, en ese mueble chino están las botellas. Yo voy a cambiarme quiero estar cómoda.
El aroma se desprendía de la copa que Sonia puso en el borde del fino cristal. Sintió el líquido pegajoso y fuerte. Alzó los ojos al percibir una sombra: era Monique, su piel blanquísima exhalaba un perfume envolvente que se estancó a su alrededor, como queriendo aprisionarla. Estaba desnuda, bajo una bata transparente de seda rosa con filamentos dorados, le dio la impresión de que la tela provenía de la India.
—Dame tu mano, Sonia.
Sonia, dejó la copa cristalina sobre la mesa, cuyo contenido, con el movimiento se colgó al cristal. Monique, cogió su mano y la puso sobre su seno.
—¿Te gusto?, -preguntó.
Sonia retiró su mano y sintió al deslizarla el pezón erguido sobre la palma.
—¿Eres lesbiana?, -le preguntó a Monique, hablándole de tú.
—Soy ambidiestra, -le contestó-. Me gustan algunos hombres y, me atraen las mujeres. Si te poseo, tendré la sensación de tocar a mi hijo, el sentir tu cuerpo, es como si sintiera el de Charles; porque él, te goza a ti. Es como un misticismo erótico. ¿Comprendes?
—No, no comprendo, replicó Sonia.
—¿Te ofende lo que te digo?
—No exactamente, no me lo esperaba. Deme el regalo de Charles.
—No hay regalo, fue un ardid.
—Es demasiado, demasiado... tonto, Monique.
—Siéntate, Sonia. Monique le llenó la copa. Se inclinó frente a Sonia y ella, pudo ver el lunar entre sus senos. Monique, clavó sus ojos en los de Sonia, sin rectificar su posición.
—Estoy despertando en ti lo que duerme en toda mujer, -le dijo.
—Se equivoca, la comprendo pero no la deseo.
—¿Entonces, porque miras mis senos con tanta atención?
—Por el lunar.

—Todos tenemos uno o varios lunares.
—El tuyo me llama la atención, le dijo
Monique se sentó frente a Sonia. -Tengo una... En su voz hubo un quiebre.
-Una hija que fue recogida por la caridad pública en Hamburgo, fue antes de que naciera Charles.
—¿La ves de vez en cuando?
—Nunca volví a saber de ella. Ni quien la adoptó, ni donde está ahora. Hay cosas, que se heredan, Sonia. Mi hija tiene un lunar justo, en medio del pecho, idéntico al mío.
—¿Cómo se llama su hija?
—Sonia.
—Como yo.
—Monique la miró, sus ojos parecieron agrandarse, como un cielo del cual se van las nubes y todo se queda azul. Sus pupilas se dilataron, bajo el reflejo de la emoción intensa.
—¿Por qué me mentiste en relación al regalo de Charles?
—Tal vez para que vinieras, de otra manera te hubieras podido negar, mientras que con la mentira, te pude manipular y, aquí estás.
—¿No te sientes mal al mentir para obtener lo que te propones?
—No, no me siento mal, es un recurso para alcanzar un fin, -contestó Monique.
—Cuándo una persona hace algo voluntariamente, sea por convicción, por sentimiento o por aceptación de su inteligencia, el disfrute sutil, pleno es un goce de plenitud porque, de lo contrario, si engañas, podrías ser pagada con la misma moneda. Lo conseguido por la fuerza o retorciéndole el cuello a la verdad, no perdura.
—La vida es una putería permanente, todo se compra, todo se vende; en el sexo, el supuesto amor. En los negocios, en la política; la moral, tiene la cara de la conveniencia.
—Es cierto que se ha sustituido la moral de Cristo, por los rituales mágicos y al efectuarlos, se controla a la gente y ésta siente que por los rituales tendrá la vida eterna, después de la existencia terrenal.
—Sonia, lo que dices es muy complicado para mí.
—Los mandamientos de las tablas de Moisés: *A longueur de journée ne s'applique pas* (A lo largo del día no se aplican).
—No sabía que hablabas tan bien francés, Sonia.
—Estoy segura, prosiguió Sonia, que si regalas algo a Charles, lo conservará como un recuerdo que le dio su madre. Tendrá mucho valor para él. Al rechazo que le diste él te buscó con valores, te buscó para ayudarte.

Charles tiene la sabiduría, de no responder al mal que le hacen, entonces, su mente está en paz y su afectividad conserva la serenidad, para que escojas un regalo para tu hijo. -Sonia, quedó expectante de la respuesta.

Monique, se quitó la bata, quedó desnuda sin el menor pudor. -Me voy a vestir y vamos a buscar algo especial para ese hombre que amas. Porque sólo una mujer que ama puede, junto con la inteligencia, hablar como tú lo hiciste. Charles tiene suerte de haberte encontrado. Espero que los años, no destruyan tu inocencia.

—Charles me explicó que el tiempo es como una escalera, cuando se asciende en ella, cada escalón, cada año que pasa, aporta una evolución que tienen las cosas vistas de otra manera, y sentida de modo diferente, adaptadas en su aplicar. Él me dijo que la sabiduría, es el equilibrio de la inteligencia, del saber, de la serenidad afectiva.

—¿Cómo puede saber tantas cosas a sus veintitantos años de edad?

—Tiene un cuerpo de veinticuatro años y una madurez inusitada, una precepción y un discernimiento sorprendentes. Tiene poderes parapsíquicos.

—Ahora que dices eso, me viene a la memoria que su padre, me ponía sus manos en el hombro cuando me dolía y, después de unos segundos ya no tenía dolor. En otra ocasión, una señora de ochenta y seis años estaba invadida por un cáncer de huesos; tenía fuertes dolores en los antebrazos, el padre de Charles tomo los brazos de la señora con sus palmas, las cerró; instantáneamente el dolor desapareció. Y esto no me lo cuentan, yo estuve presente. Nunca olvidaré a ese hombre.

Algo cambió en los ojos de Monique.

—Me voy a vestir.

—Monique se había quedado desnuda durante la última parte del coloquio, tan inolvidable, como Venus esculpida en mármol blanco, cuyos labios eran lo único que se movía.

En la calle, tomó a Sonia del brazo.

—¿Qué vas a comprar?, le preguntó a Monique.

—Mi hijo es un hombre elegante, creo que una corbata de seda italiana. En la región de Como, trabajan una seda de primera calidad.

—No se, pero Charles me ha hablado de ese lugar: su lago con montes que caen al pie de las aguas sus colinas con villas, que parecían estar desde siempre, integradas al paisaje. El oleaje que se desmaya en su propio movimiento cuando acaricia la orilla.

—¿Así te lo describió Charles?

Con esas mismas palabras.

—No sabía que mi hijo es poeta, - exclamó Monique. -Mira, en esa tienda. -La madre de Charles le señaló un escaparate, con el índice de la mano. En la contra esquina, ofrecían corbatas. Se acercaron; unas eran de moño, otras tenían colgando el nudo, algunas con capricho eran mariposa. Todas tenían los colores del arcoíris, representaban sin duda alguna, una visión *Du foullis des jardins inglais*" (Batiburrillo de los jardines ingleses). A los multicolores se unían dibujos tan singulares que, hacían pensar en ciertos pintores. Entraron. Una vendedora solícita les preguntó que deseaban. Sonia seguía sorprendida, pues la tienda sólo vendía corbatas.

—Buscamos... Puso ante ellas, una espalda estrecha indicándoles que la siguieran, con pasos largos, veloces y sin titubeos, la vendedora las guió, llegando hasta un mostrador. Se inclinó con un saludo mosquetero, la mano derecha tocando el suelo: -Aquí están las más elegantes.

—Nos gustaría una a rayas discretas, algo clásico ¿comprende?

—Señora, ese estilo no lo tenemos, -contestó la vendedora.

—¿Tú que piensas?, preguntó Monique.

—No quiero influir en tu elección, contestó Sonia.

En la calle, Monique, le tendió el paquete alargado.

—Dáselo a Charles de mi parte.

Protegida por la envoltura, yacía una corbata, salpicada de color verde, como si hubiera caído en un plato de espinacas.

—A juzgar por tu manera de vestir, estoy segura que tu apartamento está decorado con un gusto exquisito. Dijo Monique, al mismo tiempo que su mirada barría a Sonia de pies a cabeza.

—Me agradaría verlo, tengo dudas de cómo arreglar el mío, estoy segura que me puedes aconsejar.

—¿No te molesta que te acompañe?

—No, Monique.

Al entrar, la madre de Charles exclamó: -¡Lo sabía! Que maravilla, todo me gusta. Ya que conoces mi apartamento, dime, ¿Qué papel tapiz le puedo poner?

—Debe ser de un color que te agrade y vaya con tu personalidad, he observado que tienes negro en muchos objetos, y las sábanas de tu cama son negras, también...

De repente, Monique se levantó y dijo: -Tengo que irme. Se dio la media vuelta, abrió la puerta y sin despedirse, se fue ante el asombro de Sonia que la miraba perpleja.

El hombre que pensaba alquilar serpientes a los productores de películas, me esperaba en la estación, había bullicio. Las bocas exhalaban aliento blanco por el frío intenso.
El hombre era alto y gordo, lo identifique por la pancarta poco discreta, que levantaba por encima de las cabezas.
—¿Herr Walter?
Sin contestar mi pregunta me tendió su mano, tuve la impresión de tocar la de un bebé regordete. No presionó, era una mano flácida y al sostenerla, la deslizó en una caricia que prolongó, lascivamente, contra mi palma. Me tomó del brazo para guiarme. Afuera, una hilera de coches esperaba a los viajeros. En la última posición, una limosina negra aguardaba. El chofer bajó para abrir la puerta; en una reverencia, se quitó a medias la gorra. La nieve cubría el parabrisas con una capa, todavía ligera.
Durante el trayecto, guardamos silencio. El hombre debía ser rico por el tamaño del automóvil, o bien, era una pantalla para crear una imagen. Las ostentosas oficinas, me desagradaron.
—Siéntese, me dijo, mientras su secretario, un hombre de mediana estatura nos ofrecía pomposamente, un te, un café o un Schiedam (aguardiente). Opté por un café, me lo trajo el empleado obsequiosamente, no me miró al dejar la taza de porcelana china sobre una mesa de centro. Herr Walter pareció complacerse con el comportamiento de su asistente.

—Antes de contratarlo a usted, necesito que me diga que serpientes comprar, porque supongo, que no cualquier serpiente sirve para ser adiestrada. Este indicio, era un presagio desfavorable para negociar pues, evidentemente, Herr Walter, trataba de tener ventaja consiguiendo, sin costo, el nombre de las serpientes más aptas. Yo sabía que un hombre ventajoso en el inicio, lo sería a todo lo largo de nuestra operación, tal vez, el individuo especulara sobre mi necesidad de hacer negocio. Tantas veces en el pasado, cuando traté de tener paciencia a esta clase de hombres, las cosas salieron mal.
—La flexibilidad, es indispensable en los tratos, dijo Walter, como adivinando mi pensamiento.
Deduje que la deshonestidad de mi interlocutor, era total, le proporcioné el nombre de seis serpientes, inservibles, para el adiestramiento.
—¿En que hotel se hospeda?, -me preguntó Herr Walter.
—En ninguno, regreso hoy mismo a Dresden.

—Pero si apenas estamos tratando el asunto, dijo. Me levanté y me fui.
-¿Ves? Le dijo Herr Walter a su secretario. Esto es el arte de tener información sin pagar.

—Es usted un empresario genial, contestó su secretario con una mirada de admiración.

—Otra manera de proceder es invitar a comer a la persona, de quien tienes interés de tener datos; con una buena comida y un excelente vino la lengua se suelta. Te cuesta la comida pero, si vas al despacho del consultor, te sale más caro. Él está en su terreno y va a maniobrar para sacarte a ti, el dinero. La invitación a comer, es una cortesía que predispone favorablemente.

En cuanto estuve de regreso, me dirigí al apartamento de Sonia. En el pasillo del edificio me encontré con la portera.

—La señorita Sonia salió con un señor hace treinta minutos, pero una hora antes, me dio la llave de su Mercedes, diciendo que se la entregara a usted.

—No te explicó el motivo.

—No, señor.

Entré al apartamento, todo estaba en orden, busqué algún mensaje que Sonia me hubiese dejado, no encontré nada. En el patio trasero del edificio, Sonia acostumbraba guardar su Mercedes, éste se encontraba cubierto de nieve indicio de que no había sido utilizado en los últimos días, la parte de abajo estaba seca, confirmando que el automóvil no había circulado.

Al interior miré por todos lados, sin hallar ningún mensaje, puse la llave en la marcha, evité prender la ignición. Abrí el compartimiento de guantes, percibí el perfume de Sonia; encontré el mensaje de Sonia:

"Chéri, he recibido una llamada telefónica extraña. Una voz de hombre me dijo, que tú tenías unas planchas que entregaste a la persona equivocada. Volverán a llamar a las 20 hrs.

Te quiero. Sonia"

Regresé al apartamento para esperar la llamada. Entré sin hacer ruido, no prendí la luz para evitar que desde la calle, se supiera que había alguien al interior. Un ruido de llaves en la cerradura me hizo ponerme de pie en la penumbra, distinguí a Sonia.

—Sonia, estoy aquí, no te asustes. Le tomé la mano. -Estoy esperando la llamada de las veinte horas que mencionas en tu mensaje. Nos abrazamos. No prendas la luz hasta que llamen, no sé que quieren. La puse al tanto de los hechos relacionados con las placas de dólares falsos. -Mientras te pones cómoda, voy a concentrarme. Me puse en posición de meditación

trascendental, para energizar los meridianos de mi cuerpo: mi mente en blanco, buscaba el nivel *Alpha*, conservé en mi mano el mensaje de Sonia, cerré los ojos, pasaron varios minutos.
Como en una película cuadro por cuadro, vi el cuarto del hotel en Ginebra. Los sucesos se veían muy claros y, algo en mi memoria subconsciente retuvo: "Herr Rhode, al sacar las esposas de su bolsillo, perdió una tarjeta que, cayó atrás del radiador de la ventana".
Después vi una calle con el número catorce, en un zaguán con la puerta pintada de verde oscuro; un hombre sin sombrero estaba en posición de espera; percibí su cara con precisión, era rubio, una expresión tensa invadía su rostro; con la mano derecha sostenía un maletín gris. No aparecía ningún letrero pero, yo sentía que era la ciudad de Ginebra.
No vi el interior del maletín pero, tuve una sensación muy fuerte de que las placas para imprimir los falsos dólares, estaban ahí. Después, el hombre rubio entró al edificio que ostentaba el número catorce, prosiguió por unas escaleras hasta el primer piso. El cuadro que mi mente veía, quedó sin movimiento, pasaron uno o dos minutos. El cuadro volvió a tener acción; el desconocido colocó el maletín gris en un armario, debajo de una pila de periódicos, luego todo se volvió impreciso en las imágenes mentales. Traté de visualizar el nombre de la calle, sin lograrlo.

Abrí los ojos, mi boca estaba más húmeda de lo habitual.
Sonia se acercó.
—Estás extremadamente pálido. ¿Pudiste percibir algo?
—Sí, las placas están en Ginebra. No logré ver el nombre de la calle.
El repiquetear del teléfono, resonó en el cuarto. Fue Sonia quien primero lo alcanzó.
—Aló...-El señor de las planchas... -Me extendió el auricular.
—Alo...
—Sabemos que usted entregó las planchas a Herr Rhode, fue un error, confundió a la persona, dijo la voz.
—Pida las planchas a Herr Rhode.
—Rhode es un arqueólogo, ahora está en el fondo de un río, estudiando las piedras milenarias que ahí se encuentran. Antes, nos habló usted de su trabajo en un circo.
—¿Cómo me encontraron?
—No importa como, usted recupere las planchas para nosotros.
—¿Dónde lo puedo encontrar?
—En ninguna parte, yo le volveré a llamar.

—Deme dos semanas.
—De acuerdo, en dos semanas llamaré.
Colgué el auricular al mismo tiempo que mis ojos buscaban a Sonia.
—¿Qué pasó, Charles?
—Quieren las planchas, salgo para Ginebra mañana.
—Voy a preparar la cena, acompáñame a la cocina te voy a contar algo.
Sentado sobre un taburete, escuché a Sonia relatando su encuentro con mi madre.
—¿Qué piensas de todo esto Charles?
—Es evidente que Monique trató de separarte de mí, primero diciendo que tenía yo otra mujer, después por vías del lesbianismo; tiene muy enraizados sus trastornos psíquicos. Ella me dijo, que un hermano de su madre la violaba una vez a la semana.
Le expliqué a Sonia la conversación que tuve con mi madre.
—Me dio lástima, -murmuró Sonia. -En un momento me miró como si yo fuese su hija, mi nombre, Sonia, le llamó la atención. Fue cuando me hablaba de tu hermana que tiene un lunar en el centro del pecho, idéntico al que ella posee.

Al día siguiente, Sonia me llevó en su Mercedes al aeropuerto. Las campanas de las iglesias tañían, llamando a los fieles al culto y otras, mezclaron sus sonidos a las primeras, solicitando presencia para misa.
—Cuídate mucho Charles. -Nuestros labios se unieron apasionadamente.
Al llegar a Ginebra, un taxi me llevó directamente al hotel. Aunque era invierno, no había cuarto disponible. El recepcionista, un español de Andalucía, me ofreció formalmente reservarme el cuarto que yo quería.
Tenía la esperanza de encontrar la tarjeta que mi memoria subconsciente recordó. Caminé por el malecón, hasta llegar a un hotel de cinco estrellas. Tomé un cuarto con vista al lago. A las 16 horas fui al bar de la planta baja. Sillas Luis XV, acogedoramente distribuidas, hacían la corte a mesas pequeñas y redondas, a mi izquierda una chimenea. Las paredes ofrecían gobelinos y pinturas de épocas idas. Gruesos tapetes persas, cubrían el suelo.
Tomé asiento cerca de una ventana estrecha con vista angosta sobre la calle. Más allá, el paseo de amplísima acera en su orilla de oleaje, lamía los bloques de piedra. Con la mirada crucé el lago, se adivinaba, más que se veía; la colina de Cologny, dónde las casas se escondían en neblina indecisa.
Salí del hotel, sin motivo claro cruce al puente de Mont Blanc, el más largo que en esta ciudad une las orillas del lago. Deambulé por la *Veille ville* (La ciudad antigua), sin propósito alguno. Miraba por aquí y por allá, algunos

escaparates que se encuentran a principio de la calle *La grande rue*. Tiendas de acuarios, una platería del lado izquierdo con su vitrina diminuta.
La calle empedrada ascendía, se tornaba plana unos cien metros para descender en una curva graciosa, a sus lados, las casas con sabor de antaño. Di vuelta a la derecha y por otra calle, me dirigí a una tienda, deteniéndome para contemplar los objetos de porcelana y cristal que ofrecía al transeúnte.
Unos pasos adelante me puse de espalda contra la puerta del zaguán, mirando las siluetas de los caminantes. Estaba distraído, sentí calor en los omóplatos; sin darme cuenta miré la puerta y la volví a mirar. Tenía un color verdoso oscuro; recordé la imagen mental que tuve en el apartamento de Sonia.
Acerqué mis manos a un centímetro de la madera, percibí vibraciones muy tenues. Empujé la puerta, no había ascensor, las escaleras recibían una luz, reflejada por la curva del muro. Se veía mal, subí, era un apartamento por piso. Acerqué mis manos a la primera puerta, mis ojos miraban más allá de la madera. Volví a ver las escenas que se formaron en mi mente. Empujé la puerta, en el salón la luz estaba prendida, el hombre rubio me miraba, su postura era rígida, le toqué la yugular; no tenía pulsaciones estaba muerto.
Rápidamente me dirigí al armario, abrí la puerta con mi pañuelo para no dejar huellas. En el estante superior se encontraba el maletín gris, lo tomé, al interior, las planchas de los falsos dólares se encontraban bajo un paquete de periódicos. Busqué en el apartamento una bolsa de basura, en la cual eché el contenido del maletín.

Al salir, borré las huellas en la puerta, lo mismo hice con la del zaguán. Regresé a mi hotel caminando despacio. Puse la bolsa en mi maleta, pagué la cuenta y me fui a la estación del ferrocarril. Evité tomar avión para no dejar indicios a los cómplices del hombre rubio.
Pasé la aduana sin que registraran mi maleta, las placas las traía en el bolsillo interior de la chaqueta. Eran las 16 horas del día siguiente, cuando toqué el timbre del apartamento de Sonia:
—¡Charles!, exclamó Sonia, su cara reflejaba alegría. Me besó. -Tengo buenas noticias.
—No somos hermanos, le dije.
—No se trata de eso, el hombre de los falsos dólares llamó y textualmente dijo: "Mi vida vale más que las placas. Olviden el asunto". Y colgó.
—Encontré las placas y puse en mi maleta todo lo que había en el maletín gris, no lo he revisado. Ven, vamos a examinar lo que he traído creo que son periódicos.

Sentados en el sofá, cortamos el cordel que sujetaba los diarios. Las miradas clavadas en el periódico, nos quedamos silenciosos. Sonia fue la primera en reaccionar:

—¡Bravo!, -exclamó, al mismo tiempo que me besaba-. -De nuevo has ganado dinero con tus poderes.

Empezamos a contar, eran dólares envueltos en sus fajillas con el nombre de un banco. Nos llevó tiempo, sumaban cinco millones auténticos.

—Parece que ajustaron cuentas con el hombre rubio, sin saber que este, tenía semejante suma de dinero. Dejaremos pasar un tiempo, si no lo reclaman, procederemos al reparto de utilidades. -Sonia aplaudió.

Tienes poderes misteriosos, Charles.

Después de comer, nos duchamos, secaba a Sonia cuando cesé mis movimientos.

—A ver tú pecho, -le dije. Separó sus brazos, mis besos subían por su cadera izquierda, contornearon sus pezones-. -¿Qué tienes aquí?, -le pregunté, viendo entre sus senos, que no necesitaban separarse, una diminuta marca.

—¡Ah! Exclamó ella. Eso fue un pequeño lunar, mi madre le pidió a un médico que me lo quitara, cuando tenía cuatro años. Nos quedamos mirándonos. -¿Tú crees que somos hermanos? Sonia hizo la pregunta, mitad con risa, mitad en serio.

—No creo, seguramente yo hubiese sentido algo, le contesté. -¿Tienes papeles de tu nacimiento? ¿Un acta de bautizo?

—Sí, tengo un acta de nacimiento, la puse en una caja de seguridad en el banco. Hoy es sábado, ya cerraron los bancos de tal manera que, hasta el lunes podré recogerlos.

—¿No te acuerdas de su contenido?

—Hace tantos años que no los ocupo que, vagamente me acuerdo de ellos. Creo que fui adoptada por la señora que en mi infancia, yo creía que era mi madre biológica.

—Lo que me llama la atención, -dije a Sonia, es que tu madre haya querido suprimir el lunar, como si su intención hubiese sido quitar un medio de identificarse. Además, es un lugar encantador para esconder un lunar, no veo porque quitarlo.

Sonia descansó su mirada en la mía, buscando una respuesta. Terminé de secarla. Se puso su bata y fue a sentarse en la butaca, frente al sofá. Yo me coloqué delante de ella.

—¿En que piensas, Sonia?

—Pienso en las familias que vivieron en la época de las cavernas, cuando la subjetividad humana no construía aún la estructura de la moral. No sabían esos grupos las consecuencias de la procreación consanguínea. También me pregunto, cómo la humanidad se multiplicó si sólo estuvieron Adán y Eva. ¿Las hijas e hijos de ellos, tuvieron relaciones? ¿O hubo otro Adán y Eva en cada raza? Y, ¿por qué no se habla entonces, de las otras etnias como iniciadoras de la humanidad?

— La facultad de subjetivizar es exclusivamente, humana, le dije a Sonia.

—El polen no escoge la flor, los animales siguen su instinto; las flores se han extendido por toda la tierra, los animales se han multiplicado en los cinco continentes.

—La subjetividad es maravillosa, sin ella no soportaría nuestra condición. Cuando hay conocimiento, surge la interpretación de lo que éste contiene y así, atribuimos significados diversos, creándose las culturas variables, según las latitudes. La afectividad es la misma en todos los humanos, lo que varía es el nivel de la inteligencia que guía la respuesta emotiva, sea ésta fundada en el miedo a la muerte, aún más allá, o a nuestra imposibilidad de manejar las fuerzas de la naturaleza. El cosmos y la energía de su materia, estuvieron antes que nosotros.

—Hoy es la velada filosófica, -dijo Sonia, al mismo tiempo que se sentaba a mi lado, acurrucándose en mis brazos.

—Yo diría simplemente que estas reflexiones son una constatación.

—Por mi sentimiento, te amo, -murmuró Sonia.

—Éste actúa y te deseo, con la inteligencia, aprecio la tuya, y todo, todo; se vuelve paz, sin turbaciones. ¿Has notado como la luz de la luna, tranquila y plena, inunda todo cuando ella se presenta? No es abrasadora como el rayo solar. Es luz fría, Sonia, porque es reflejada.

—Si somos hermanos -Sonia levantó su cara hacia la mía.

—No quiero que el lunes llegue, pido a la noche que se detenga, que cese el movimiento de los mares, concluyó.

El domingo, después del desayuno, fuimos a caminar.

—Quisiera empujar las horas, como el creyente las perlas del rosario, -dijo Sonia.

—No construyas aprehensión por un lunar, muchas personas tienen marcas en medio del pecho.

—¿Cuántas personas has visto con un lunar, precisamente entre los dos senos?, -preguntó Sonia.

—Únicamente a mi madre, y a ti.

—Entonces no es tan común.

—Es que no he visto otros senos. -Paseemos por algunos de los puentes, -le dije a Sonia. Cuenta la leyenda, -le tomé la mano y proseguí- que un caballero andante tenía a su novia encerrada, en la torre más alta de un castillo, para que no la vieran los ojos de otros hombres. El caballero andante, celoso de los rayos del sol que penetraban por la ventana a la celda, mandó taparla. La novia se marchitaba sin la luz del astro. Viendo su tristeza el amo y señor del castillo, le habló al sol pidiéndole que devolviera la juventud a la novia. El sol puso como condición que el caballero construyera cien puentes sobre los brazos de agua y él, le devolvería la juventud a la doncella. El caballero andante tenía que pagar un tributo de esfuerzo personal, como castigo por haber encerrado a la novia y éste fue el de caminar cien veces por cien veces, los puentes.

La juventud volvió a la novia, pero el caballero se agotó, antes de pasar cien veces por cada puente, el sol lo perdonaría si dejaba libre a la joven. Así cumplió y la doncella libre pasó por el puente central, acompañada por un rayo de sol. Desde entonces quedó la costumbre de que las novias, cruzaran el mismo puente, a cuyo extremo, el novio esperaba.

—Detente, Charles, cruzaré desde la otra orilla para llegar a tus brazos. Sonia pasó el puente a pasos lentos, rodeada de los copos blancos, tal si fuese en velo nupcial. Llegó con la cara radiante, las mejillas rojas por el frío intenso y la humedad que subía de las aguas que, viajaban con un murmullo.

—Ha sido nuestra ceremonia de amor, dijo Sonia.

—Tuvimos cien testigos, todos ellos de smoking blanco.

—El lunes se acerca, le dije a Sonia. ¿Qué te parece si tenemos una cita para tal acontecimiento en la orilla del lago Como, al pie de la torre Di Vezio? Enfrente, tendremos al *Menaggio;* te espero el martes a las 16 horas, de allí iremos juntos a una pensión pequeña, alquilaremos dos cuartos. La "Nonna" prepara la mejor sopa minestrone de toda Italia.

—¡Maravilloso!, -exclamó Sonia. Yo, me pondré un vestido azul cielo; el color de mi vestido querrá decir, que no somos hermanos. De lo contrario, si somos de la misma sangre tendré puesto un vestido rojo, que significa: Alto.

—Regresemos al apartamento, todavía alcanzo avión para Milán, -le dije a Sonia.

De Milán, alquilé un automóvil que me condujo a Bellaggio y de éste pintoresco lugar, proseguí hasta Varenna donde se encuentra la pensión. Tuve suerte, uno de los cuartos estaba disponible; dejé mi maleta y abrí la

ventana corrediza que daba a una pequeña terraza, el frío picaba, en frente tenía la vista del Menaggio, envuelto en bruma invernal.
En el lago Como, la belleza natural se une a la mano del hombre que puso pincelada de estilo en las villas y palacetes que, al pie de las aguas, se reflejan. Venían las tropas de Bernina y de Valtelina, éstos dos valles se unen en el norte del lago, en una depresión en donde en 1600, los españoles, dueños de Milán construyeron su fortaleza "Fuentes". De éste punto, el lago Como bordeado de montañas, se alarga en su lecho de antiguo glaciar, hacia el sur; Bellaggio divide en dos brazos el flujo de suroeste, forma el lago Como, con sus orillas suaves o bruscas.
El encanto y la belleza compiten en sus aldeas; pareciese que en estas orillas se inventó el infinito y nacieron los sueños. Entré al cuarto, acompañado por el frío y el olor húmedo del lago. Faltaban quince minutos para las cuatro de la tarde, cuando toqué con la mano el muro de la torre Di Vezio. Mi pensamiento desde la noche anterior, había envuelto de ternura, amor y esperanza a Sonia. La veía vestida de azul, bajo su abrigo de invierno, el mismo de cuando la encontré en el museo de Dresden.

A veces el aletear de la duda, tocaba mis pensamientos. ¿Y si fuera mi hermana? En algunos minutos, tendría develado el misterio. Pasaron los minutos, más, dos horas siguieron, mi mirada escudriñaba el camino lejano por el cual mi imaginación me hacía ver la silueta de Sonia. No llegó. ¿Quería decir su ausencia que era mi hermana y por eso no vino? Aparté esa idea, Sonia vendría, yo conocía su valor, su fuerza en las decisiones, su cumplimiento de la palabra dada.
Regresé a la pensión.
La vida sin Sonia, no me la imaginaba, su presencia alejó de mí la soledad interior que me dieron las calles de la infancia. Toda ella era plenitud, equilibrio. Una mesa pequeña acompañaba a una silla de bejuco, me senté y comencé a escribir la primera página de éste libro. Era tarde cuando apagué la luz, me acerqué a la ventana contemplando las luces de Bellaggio, parecían esparcir rayos por efecto de la bruma que ascendía del lago.
Pasé una noche agitada. Soñé con Cleopatra y la multitud de gente que gritaba "milagro, milagro" cerca de la casa rodante de Luna. Me desperté, en mi frente perlaba una transpiración fría. Se formó en mi mente un cuadro: Veía a Sonia con su abrigo de astracán, el mismo que llevaba en el museo de Dresden; estaba inclinada sobre una mesa, leía unos papeles, los tomaba con su mano izquierda, se sentaba, pasó sus dedos entre sus cabellos, como excedida por el significado de la lectura. Se quitó el abrigo, un suéter y una

falda. De un armario sacó un vestido rojo que puso sobre el sofá. La imagen se tornó difusa y desapareció de mi mente.
Me levanté, me vestí. Eran las ocho de la mañana.

Si a las cuatro de la tarde Sonia no llegaba a nuestra cita, tomaría yo el avión en Milán para retornar.
Tomó el vestido rojo, pensé. Sonia era entonces mi hermana. Sentí frío en los pies, el estómago me pesaba.
Cambié mi propósito y decidí hablar por teléfono a Sonia, para ello tuve que ir hasta el correo. Marqué cuatro veces su número, sin que contestara. Si no estaba en su apartamento, es que venía a nuestra cita. Regresé a la pensión.
En las montañas había nieve, los copos estaban ausentes y el frío habitaba en el aire de la aldea. Las puertas y las ventanas estaban cerradas. Las casas se envolvían en el silencio, sólo interrumpido por mis pasos y el eco de un ladrido lejano. La atmósfera exhalaba perfume de invierno.
Pasos más adelante crucé un sendero cuyo final no se veía por una curva brusca. Por la ventana de vegetación era visible una pendiente ligera
Llegué a la pensión, con su calor interior, una mesa larga en la cocina grande, era el comedor de todos. Carlo, el hijo mayor, ayudaba a la Nonna cargando las cacerolas pesada, mientras la nieta, pálida, de cabellos muy gruesos y despeinados, ponía los cubiertos sujetando las cucharas por el lado que se lleva a la boca bajo la mirada reprobadora de la Nonna, que ya no decía nada, pues tantas veces la había corregido sin que la nieta le hiciera caso.
Todo el mundo se olvidó de las pequeñeces, con la llegada del plato humeante de minestrone, acompañada de parmesano. Las campanas tañían las doce de la noche cuando apagué la luz de mi cuarto. Mi mente acompañó a Sonia, dondequiera que estuviese.

Al pie de la torre Di Vezio, miré el paisaje y mi vista partió hacia el camino que conduce a la torre, no se veía a nadie pero sentí la presencia de Sonia, fui a su encuentro... la pendiente... Sí, era Sonia, corrimos. No quise preguntarle nada y nos abrazamos desesperadamente.
—Mira, dijo Sonia quitándose el abrigo.
Su vestido era azul.
Lago Como, 17 de enero de 1939.
Por su ascendencia judía, Luna quiso ayudar a salvar judíos que estaban siendo perseguidos en Alemania. Un día salió en la bruma del amanecer. Yo la comprendía y estuve de acuerdo con ella.

Partí en otra dirección, con destino a Genève (Ginebra). Nubes de guerra oscurecían los cielos de Europa. Una misión me esperaba...
Luna siempre estuvo presente en mis sentimientos, al realizar mi nueva misión.

Próximas novelas a publicarse:

LA SOMBRA DEL ESPÍA
FRANK
(Traducida del francés al español e inglés)
EL SEÑOR ENE DETENIDO
EL INCENDIO
¿DÓNDE ESTÁN MIS HIJOS?
SABOTAJE
LA INTERCEPCIÓN TELEFÓNICA
LA JAULA ABIERTA
(Pensamientos filosóficos)

## POEMA DE PLENILUNIO

—"Si algún día el destino nos separa; yo moriré envuelta por el viento que empuja las olas, seré el mar que volverá a dormir a la playa de tu ser.

—Yo seré el agua de tu mar, llevando hasta el fondo de si misma mi dolor. Haré del silencio marino un ropaje que pondré en el doblez del oleaje, para vestir tu desnudez, seré vagabundo, semejante a las nubes sin rienda que, ciegas corren por los cielos. Seré, lluvia que se une al mar, seré su corriente llevando la soledad del infinito."